OETINGER TASCHENBUCH

Johannes Groschupf

LOST BOY

Roman

Oetinger Taschenbuch

Außerdem bei Oetinger Taschenbuch erschienen:

Lost Places

Der Zorn des Lammes

Das Lächeln des Panthers

MIX
Papier aus verantwortungsvollen Quellen
FSC® C002795

2. Auflage 2017
Originalausgabe

Lektorat: Claudia Müller
Umschlagmotiv- und gestaltung:
Hauptmann & Kompanie Werbeagentur, Zürich
Druck: Livonia Print SIA, Ventspils iela 50, LV-1002, Riga, Lettland
ISBN 978-3-8415-0447-0

www.oetinger-taschenbuch.de

How long will I love you?

ELLIE GOLDING

PROLOG

Wir haben uns gestritten, jetzt ist Moe sauer auf mich. Sie hat sich umgedreht und rennt voraus. Warte doch, will ich sagen, doch ich bin selbst viel zu wütend, um sie noch um irgendwas zu bitten. Mein Herz schlägt unglaublich schnell. Das Pochen füllt meinen Brustkorb, es ist wie ein heftiger Galopp, ein schwarzes Pferd in der Nacht.

Ich renne hinter Moe her und sehe noch, wie sie am Ende der Straße in der Luke verschwindet. Zwei Typen, die Köpfe unter Kapuzen verborgen, halten für sie die Eisenklappe am Boden auf. Sie schaut sich nicht um, ob ich hinterherkomme. Einer der Kapuzenmänner blickt auf sein Smartphone und nickt seinem Kollegen zu. Sie schauen sich noch einmal um, ehe sie die Tür schließen. Ich renne die Straße hinunter, ihnen entgegen, ich winke ihnen zu. In meinem Brustkorb prescht das Pferd im gestreckten Galopp über eine endlose Ebene.

Ich erreiche sie, als sie sich schon abwenden, im letzten Moment.

Mach hin, du bist der Letzte, der noch reinkommt, sagt der eine. Wir machen zu, dann kommt keiner mehr rein.

Der andere lacht und sagt: Oder raus.

Ich klettere die Eisenkrampen an der Wand herunter. Es ist ein Notausstieg, der in die U-Bahn-Tunnel mündet. Er führt als breiter Schacht hinunter auf ein Abstellgleis. Mein Herz pocht immer noch heftig, nein, dies ist nicht mein Herz, es sind Bässe, die aus der Dunkelheit unter mir kommen. Ich klettere weiter, ihnen entgegen, ich muss Moe finden, ehe etwas geschieht.

Ein kalter Geruch nach altem Mörtel schlägt mir entgegen. Ich erreiche den Schotter, taste über zwei Schienen, pass bloß auf die Stromschiene auf, erinnere ich mich mechanisch, die beiden Kapuzenjungs über mir sind verschwunden, hier unten ist es absolut und undurchdringlich dunkel.

Ich strecke die Hände aus, meine Finger tasten eine Wand, ich folge ihr. Die Bässe führen mich, locken mich, ängstigen mich.

Wo bist du, sage ich in die Dunkelheit hinein. Niemand hört mich hier. Ich selbst höre kaum meine eigene Stimme. Und trotzdem rufe ich: Moe. Wo bist du?

Endlich zeigt sich ein Lichtschein – rötlich, ein Flackern von Kerzen und Teelichtern, die in einer langen Reihe stehen und den Weg weisen in das hohe Gewölbe eines U-Bahnhofs, von dem niemand etwas weiß als eine Handvoll von Urban Explorern und Musiknerds und Graffitikünstlern.

Wir haben ihn im letzten Jahr entdeckt. Wir gehen nicht oft hierher. Es ist nicht angenehm hier unten.

Aber in dieser Nacht spielt DJ Evil. Dies sind seine Bässe, seine Beats, er ist der Gott der tiefsten und der härtesten Bässe. Wer ihn einmal gehört, eine Tanznacht unter seiner Ägide durchlitten hat, der ist ihm verfallen.

Ich nicht. Ich wollte nicht wiederkommen. Moe wollte. Deshalb haben wir uns gestritten.

Drei Gestalten kommen mir entgegen. Viel zu jung, sechzehn vielleicht, höchstens siebzehn. Sie taumeln.

Geh da nicht hin, sagt einer der Jungen. Da ist es echt schlimm.

Ich höre nur die Bässe. Die dumpfen Schläge, die durch das unwahrscheinlich tiefe Gewölbe dieses verlassenen Untergrundbahnhofs wabern. DJ Evils düsterdunkle Beats. Die satten Bässe rollen an wie schwere Wellen und schlagen mit solcher Wucht gegen meinen Bauch, dass mir schlecht wird. Geh da nicht hin.

Wo ist Moe?, frage ich die Jungen. Doch sie hören mich nicht mehr, sie gehen einfach weiter und halten sich die Ohren zu.

Wo ist Moe?

1. KAPITEL

Jemand hatte meinen Namen gerufen: *Lennart, Lennart!* Ich setzte mich schlaftrunken auf, rieb mir über das Gesicht und versuchte, die Augen zu öffnen. Die Stimme hallte in der Ferne nach: *Lenny, Lenny!* Eine Mädchenstimme, die ich eigentlich gut kannte, hell und ein bisschen heiser, und sie klang sehnsüchtig, als sie sich immer weiter entfernte. Nur in meinem Kopf.

Über mir ein Gewölbe aus Stahlstreben und Glas, ein paar Tauben flatterten unruhig herum. Von einem entfernten Gleis kam eine Lautsprecherdurchsage, die ich nicht verstand. Ein schriller Pfiff gellte, und der Zug verließ die Bahnhofshalle. Die Uhr über mir zeigte halb fünf morgens. Mir war kalt. Ich fühlte mich elend. Nirgends fühlt man sich einsamer als auf einem fremden Bahnhof nachts um halb fünf.

Ich stand auf und ging ein paar Schritte, um von meinen Kopfschmerzen wegzukommen, doch sie folgten mir mit einem beharrlichen Ticken, als würden kleine Hämmer gegen die Innenseite meines Schädels schlagen. Einige Gleise weiter fegten zwei Männer in orangefarbenen Overalls den Boden, ein anderer leerte die Abfalleimer. Über ihm sah ich das Schild *Hamburg Hauptbahnhof*. Okay. Ich nickte, als wäre damit irgendwas klarer geworden, aber genauso gut hätte ich den Kopf schütteln können.

Hamburg Hauptbahnhof. Ich hatte keine Ahnung, wie ich hierhergekommen war. Offensichtlich mit dem Zug, aber woher? Weshalb? Wann? Und wer war ich? Alles, was ich wusste, war dieser Name, den eine Mädchenstimme in meinem Kopf rief: *Lennart. Lenny …*

Ich griff in meine Hosentasche. Da war so gut wie nichts. Nur ein zerknüllter Fünfeuroschein. Ein Taschentuch. Ein paar Cent Kleingeld. Kein Schlüssel. Kein Zugticket. Kein Ausweis. Kein Smartphone mit ein paar Nummern, wo ich hätte anrufen können, um mich zu erkundigen, was eigentlich los war. In der hinteren Hosentasche fand ich einen Streifen Passfotos, zerknittert. Vier schwarz-weiße Bilder untereinander, die man in den Fotoautomaten kriegt. Er zeigte ein Mädchen in Partystimmung. Victory-Finger. Kussmund. Unglaubliche Augen. Das dunkle Haar zum Pferdeschwanz gebunden. Auf dem letzten Bild fielen ihr ein paar Strähnen ins Gesicht, und sie lachte.

Ich kam nicht auf ihren Namen. Ich kam nicht auf meinen eigenen Namen. Ich stöberte noch mal durch alle meine Taschen, aber ich fand sonst nichts. Die Panik wurde schlimmer. Ich musste mit jemandem reden. Einen Kaffee trinken. Einfach wieder in die Spur kommen, dann würde sich auch klären, wie ich hier stranden konnte. Und hoffentlich würde dann das ununterbrochene, feine Hämmern in meinem Schädel aufhören.

Ich ging die Treppe zu den Geschäften hoch. Sie waren alle geschlossen. Hinten am Ausgang, am Tischchen einer Frittenbude, die noch beleuchtet war, standen drei Männer. Zu ihren Füßen lagen mehrere Plastiktüten. Die Männer trugen speckige JPN-Anoraks und Baseballkappen. Sie starrten auf ihre Bierflaschen und rauchten. Irgendwo dudelte ein kleines Radio. Ich ging zu ihnen hin, sie wirkten harmlos. Ich brauchte einen Kaffee.

»Glaub ich nicht, dass die absteigen«, sagte einer der Männer eben. »Der HSV steigt niemals ab. Wir sind der Dino. Die Uhr läuft.«

Dann schwiegen sie und sahen mich an. Ich nickte ihnen zu, weil mir nichts einfiel, womit ich das Gespräch beginnen konnte, deshalb lächelte ich nur. Sie reagierten nicht darauf. Was sollte ich auch fragen? Können Sie mir sagen, wer ich bin? Woher ich komme? Ich sagte nichts, sondern stand nur da.

Kalle's Futterluke stand über dem Imbiss. Keine Ahnung, ob es Kalle war, der die Geräte abwischte und die letzten Fritten im brodelnden Fett aufschüttelte. Ich wollte nur einen Kaffee. Ich trat an den Tresen und legte meinen Fünfer auf das Schälchen.

»Einen Kaffee.«

Der Frittenkoch drehte sich um, der Mund ein einziger bitterer Strich der Verachtung, und zog wortlos die Scheibe zu. Ich nahm meinen Fünfer zurück.

»Schon schlimm, was Drogen mit den jungen Menschen machen«, sagte einer der Männer halblaut. Dabei musterte er mein Gesicht mit beiläufiger Herablassung.

»Guck einfach nicht hin«, sagte sein Kumpel leise.

Am Beginn der Ladenzeile tauchten zwei Security-Männer auf. Sie schlenderten an den heruntergelassenen Rollläden entlang. Einer hatte einen kurzen Gummiknüppel in der Hand und ließ ihn über die eisernen Falten der Rollläden rasseln. Bei diesem Geräusch richteten sich die Härchen meiner Unterarme auf. Die Security-Männer kamen langsam näher. Auch die Trinker hatten sie jetzt bemerkt.

»Geh mal lieber weiter, Junge«, sagte einer von ihnen in meine Richtung und bückte sich nach seinen Plastiktüten. »Die sind in letzter Zeit ziemlich angespannt. Juckt ihnen dann in den Fingern.«

Ich konnte schon das Quietschen ihrer Gummisohlen hören. Sie hatten uns entdeckt und steuerten auf uns zu.

Das Scheppern des Knüppels wurde immer hässlicher, je näher es kam. Ich ging in den nächsten Gang hinein, nur weg von ihnen, den Blick auf den Boden gerichtet. Ich sah Kaugummireste. Schnipsel von Tickets. Ketchupverschmierte Frittenschälchen. Kronkorken. Hinter mir hörte das Geräusch des Gummiknüppels abrupt auf. Die Security-Leute standen jetzt vermutlich bei den Trinkern und schauten in meine Richtung. Auf keinen Fall umdrehen. Würde mich nur verdächtig aussehen lassen.

In diesem Moment sah ich die Tür einer öffentlichen Toilette halb offen stehen und schlüpfte hinein. Im Vorraum saß eine ältere Frau an einem Tisch. Auf der Plastikdecke stand eine Untertasse. Drei Zehncentstücke lagen darin, wahrscheinlich als Ermahnung für neue Kunden, das Bezahlen nicht zu vergessen. Die Frau hatte die Hände über dem Bauch gefaltet. Sie trug einen Kittel, der vielleicht einmal weiß gewesen war, jetzt war er gelblich und voller Flecken. Ihr Kopf war nach vorn gesunken. Sie schnarchte leise.

Ich ging an ihr vorbei in die Männertoilette. Hier stank es ekelhaft nach Urin, kaltem Zigarettenrauch, Reinigungsmitteln und abgestandenem Schweiß. In der vorletzten Kabine hockte ich mich auf die Klobrille, ohne die Hosen herunterzulassen, zog die Knie an und wartete. Die Kabinentür ließ ich angelehnt. Vielleicht würde das die Security-Männer täuschen. Um mich abzulenken, faltete ich meinen Fünfeuroschein längs und strich ihn sorgfältig glatt. Lange musste ich nicht warten. »Er ist weitergegangen«, sagte eine Stimme im Vorraum. Die Sohlen quietschten auf den Bodenfliesen.

»Nur mal kurz checken«, sagte der andere. Seine Stimme klang schon näher.

»Keiner da.« Jetzt waren sie in der Männertoilette.

»Jemand hier?«, rief der erste und lachte wie ein kleiner Junge.

»Ich muss eh mal«, sagte der zweite Mann. Er grunzte leicht, kurz darauf hörte ich es plätschern.

»Der Junge geht uns durch die Lappen«, sagte sein Kollege. Er klopfte mit seinem Gummiknüppel ungeduldig gegen eine Kabinentür.

»Mit dem war eh nichts, der hatte einfach nur seinen Zug verpasst.«

Wasserrauschen am Waschbecken. Papierrascheln. Einer der beiden hustete, es klang genervt.

»Doch, mit dem Jungen war was. Mit dem stimmte was nicht. Der ist vor uns weggelaufen. Irgendwas war mit dem.«

»Wir finden den noch, der wird hier irgendwo herumlungern.«

Ich blieb, wo ich war, ließ meinen Blick über den Fußboden der Kabine wandern und wartete. Mit jeder Sekunde, in der sie sich von mir entfernten, wurde ich etwas ruhiger.

Dann hörte ich, wie eine Frauenstimme zu keifen begann. Die Toilettenwärterin war aufgewacht, und offensichtlich hatten die beiden Security-Jungs vergessen zu zahlen. Sie schimpfte in ziemlich unverständlichen Satzfetzen, gespickt mit polnischen Flüchen.

Ich wartete noch eine Weile. Dann drückte ich möglichst leise die Klospülung und verließ die Kabine. Die Toilettenfrau saß wie vorher auf ihrem Stuhl, das Kinn auf die Brust gesenkt, sie atmete tief und regelmäßig. Die Hände hatte sie vor dem Bauch gefaltet.

Auf ihrem Tellerchen lagen noch immer nur die drei Münzen von vorhin. Ich legte meinen Fünfeuroschein dazu. Die Toilettenfrau öffnete ihre Augen einen winzigen Moment lang, nickte kaum sichtbar und hob ihre linke Hand ein wenig an, als wollte sie mir zuwinken. Dann nahm sie den kleinen Schein vom Teller und schob ihn in die Tasche ihres Kittels.

2. KAPITEL

Draußen war es noch dunkel. Von den Security-Leuten war nichts mehr zu sehen, trotzdem bewegte ich mich möglichst gelassen, um niemanden auf mich aufmerksam zu machen.

Ich ging eine breite Geschäftsstraße hinunter, hier war ein Modegeschäft neben dem anderen, außerdem Juweliere und Uhrengeschäfte. Im Eingang von *C&A* lagen zwei dick vermummte Männer auf Isomatten und schliefen in Embryostellung. Die Leuchtanzeigen der Bushaltestelle blinkten trostlos in die Nacht.

»Mönckebergstraße« stand irgendwo, und ich erinnerte mich plötzlich an einen Schulausflug, nein, an einen Besuch mit meinen Eltern. Nur ganz schemenhaft, aber immerhin die erste Erinnerung, die auftauchte seit meinem Aufwachen auf dem Bahnsteig. Ich konnte die Gesichter meiner Eltern nicht festhalten, und trotzdem war ich mir ganz sicher, dass sie es waren, und ich war so erleichtert, dass ich Eltern hatte, dass mir beinahe Tränen in die Augen traten.

Auf dem großen leeren Rathausplatz kam ich mir total verloren vor. Das Rathaus war riesig, die tausend Fenster alle dunkel. Vor der Brücke über einen schmalen Kanal stand eine steinerne Statue mit der Mahnung *Vierzigtausend Söhne der Stadt ließen ihr Leben für Euch*.

Ich hielt mich nah an den Hauswänden. Einige Schritte weiter tauchte ein amtliches Schild auf: Polizeikommissariat 14. Drei Beamte saßen vor Überwachungsbildschirmen. Ein Polizist telefonierte. Ich überlegte kurz, einfach hineinzugehen und ihnen mein Problem zu schildern: Ich weiß nicht, was hier los ist, wer ich bin, woher ich komme, wie ich heiße, bitte helft mir mal. Dann stellte ich mir ihre Gesichter vor, ihre Nachfragen, was für Drogen ich genommen hätte und überhaupt, *Können Sie sich denn ausweisen?*, und machte mich lieber schmal. Ich bog in die Caffamacherreihe ein.

Von Weitem hörte ich einen tiefen, lang gezogenen Ton, zweimal, dreimal, und ich ahnte etwas von einem Hafen, zumindest Wasser. Die Gegend wurde etwas schmuddeliger. Ein Tätowierladen *Burning Needles*, zwei Kneipen, dann große Kästen von Wohnhäusern, in denen alle Bewohner schliefen. Die Straßen waren menschenleer. Keine Taxis unterwegs, keine Nachtbusse, überhaupt kein Verkehr.

Als ich endlich das Wasser sah, war ich froh. Die Elbe lag schimmernd in der beginnenden Morgendämmerung, auf der gegenüberliegenden Seite ragten vier oder fünf Hafenkräne in den Himmel. Die Lichter spiegelten sich auf dem Wasser. Ein gedrungener Schlepper tuckerte in der Mitte des Stromes und stieß immer wieder ein lang gezogenes Tuten aus. Ich stand einige Minuten ganz still. Der Schlepper dampfte vorbei, das Tuten verlor sich in der grauen Leere des Himmels.

Mal langsam, dachte ich, und schaute auf die Elbe hinaus, immer der Reihe nach. Erinnere dich. Woher kommst du? Der Hamburger Hauptbahnhof fiel mir ein, die Bank, auf der ich geschlafen hatte. Also war ich wahrscheinlich mit einem Zug gekommen. Aber woher? Ich hätte die Ankunftszeiten der letzten Züge checken müssen. Kam ich aus einer großen Stadt oder aus einem Dorf?

Das Rufen der Möwen riss mich aus dem Grübeln. Es klang hoch und höhnisch, sie schwangen sich mit kräftigen Flügelschlägen in den Wind und segelten dann weit hinaus aufs Wasser.

Der Junge, der vielleicht Lennart hieß, ging an der Elbe entlang.

Die Mädchenstimme in meinem Kopf war verhallt, ich hätte sie gern noch einmal gehört. Hatte sie überhaupt mich gemeint, als sie Lennart rief? Oder jemand anderen? Und gehörte ihre Stimme zu dem Mädchengesicht auf den vier Automatenfotos? Konnte dieses Mädchen eine solche sehnsüchtige Stimme haben?

Ich ging. Neben mir die Elbe und vor mir der beginnende Morgen. Und hinter mir ein Leben, von dem ich nichts wusste.

Ein Autofahrer hupte genervt, weil er mit seinem Wagen nicht an mir vorbeikam, ich war in Gedanken vor einer Zufahrt stehen geblieben. Dahinter befand sich ein großer Platz. Kopfsteinpflaster bis hinunter ans Wasser. Nicht weit entfernt eine Anlegestelle. Der Platz füllte sich gerade mit Lieferwagen und Anhängern, Ware wurde ausgepackt, die Händler bestückten ihre Marktstände, einige Arbeiter wuselten im Hintergrund herum, schleppten Kisten und traten leere Kartons flach. Alles wirkte unausgeschlafen, gereizt, aber zugleich auch erwartungsvoll.

Eine Männerstimme rief: »Du da, komm mal her hier!«

Ich ging zur Seite, um nicht im Weg zu stehen.

»Langer, komm her hier!«

Der Mann stand rechter Hand an einem Stand und winkte in meine Richtung. Er war ein bulliger Typ, Fischhändler, dreckige Schürze, darunter ein blau-weiß gestreiftes Hemd, Schiffermütze auf dem Kopf, hellblaue muntere Augen, und seine Stimme faszinierte mich sofort, ein unfassbar tiefer Bass. Also ging ich hin.

Er zeigte auf seinen Stand: *Welse-Werner* stand da in geschwungener Schrift. »Du kannst mir helfen, statt hier rumzustehen. Mein Gehilfe hat eben abgesagt, ich steh allein hier. Du kriegst einen Zehner die Stunde. Okay?«

Ich nickte.

Er streckte mir seine Hand hin: »Werner.«

»Lennart«, sagte ich.

»Lennart«, sagte er. »Da drüben steht der Lieferwagen, hier ist unser Stand. Ich bin der Verkäufer. Du bist der Runner, du schaffst mir die Kisten mit dem Fisch ran. Ich verkaufe, du holst den Nachschub. Wenn genug Ware am Start ist, dann stehst du neben mir, hältst die Tüten auf, machst die Kasse, wechselst das Geld. Den Verkauf mache ich. Du hältst schön den Mund. Zehner die Stunde und Fischbrötchen satt. Zeit läuft!«

In den nächsten drei, vier, fünf Stunden schleppte ich Kisten, Kartons, Bottiche und Wannen zum Verkaufsstand. Fisch in allen Formen und Sorten. Schollen, Zander, Aale. Schillerlocken, Heilbutt, Rollmops.

Der Markt erwachte langsam zum Leben. Ein Geflügelhändler hatte einen Hahn dabei, der alle zwei Minuten krähte. Werners Stimme tönte weit über den Platz hin. Seine Kollegen hoben die Hand, wenn sie ihn hörten, und er grüßte mit erhobener Faust zurück. Ich war froh, dass ich einfach nur Kisten schleppen musste. Dadurch hatte ich keine Zeit, mir weiter Gedanken darüber zu machen, woher ich kam, wer ich war und was passiert war.

Nach einer halben Stunde kamen die ersten Kunden, die meisten waren Partyvolk, die hier einen Absacker tranken oder einen Morgenespresso und die Lust auf ein Fischbrötchen hatten. Und weil sie schon mal da waren, kauften sie gleich noch Fisch ein. Vor allem hatten sie alle ihren Spaß an der Show der Fischverkäufer.

Werner war großartig. »Wenn ihr guten Fisch sucht, richtig guten Fisch, dann kommt zu mir. Kommt her hier! Bisschen näher ran, dass ich meine Stimme schonen kann! Gönnt euch was Gutes! Hier der Butterfisch, der ist ein Gedicht. Hör mal, dazu geb ich dir einen Rollmops, lecker Fisch, alles für zwanzig, brauchst du noch mehr? Ich geb dir noch den Räucheraal, alles für zwanzig!«

Die Leute lachten und kamen näher. Damit hatte Werner sie an der Angel und ließ sie nicht mehr vom Haken.

»Jetzt mal ehrlich: Wir verkaufen hier nichts, Leute, echt

nicht, dies ist eine Wohltätigkeitsveranstaltung. Wir wollen nur den Wagen leer machen. Kommt ran hier, alles für zwanzig, hier die schöne Forelle, und den Aal gibt's dazu, dann hat die liebe Seele Ruh'. Wir räumen die Lager von der Schwiegermutter und dem Schwager! Hier, ich leg noch einen drauf, muss alles wech!«

Die Leute blieben stehen. Werner hatte sie da, wo er sie haben wollte. Er packte zwei, drei, vier Räucherfische auf ein offenes Papier, immer zum Publikum gewendet – wie ein Magier, der ganz deutlich zeigt, dass kein Trick dabei ist, und wenn, dass niemand ihn entdecken kann. »Nun kommt doch mal ran hier, Leute, ihr steht ja mit dem Arsch am Hauptbahnhof, hier hast du einen Butterfisch, und ich leg noch einen Rollmops dazu, und hier die Räucherforelle, allein dafür zahlst du im Laden schon fünfundzwanzig Euro, und ich gebe dir das alles für zwanzig. Für zwanzig! Wahnsinn!«

Die Leute lachten und konnten nicht anders, sie zogen ihr Portemonnaie heraus und reichten mir den Zwanziger hoch, ich gab ihnen die Tüte mit dem Fisch, während Werner schon die nächste Kollektion zusammenstellte. »Räucherlachs und Räucheraal, bei Werner nur die erste Wahl. Hier, die Forelle und den Lachs, hast du so einen Lachs schon mal gesehen? Für dreißig! Kommt ran hier, Ausverkauf, alles muss raus!«

Nach sechs Stunden war ich erledigt, der Lieferwagen leer. Werner hatte alles verkauft bis auf ein paar Reste, die er jetzt auf das Kopfsteinpflaster am Rand des Marktes schüttete. Fischköpfe mit starren Augen, offenen Mündern, Flossen, Schuppen und Gräten.

Die Hafenkatzen warteten schon darauf. Sie sahen mager und ausgezehrt aus. Ihr Fell war stumpf und fleckig. Das harte Leben hier unten am Hafen hatte sie bitter und feindselig gemacht, auch untereinander, sie gönnten sich keinen Bissen. Die meisten hatten heftige Schrammen und Narben. Manche waren auf einem Auge blind.

Werner reichte mir ein Bier und setzte sich neben mich. Er drückte mir ein paar Geldscheine in die Hand, siebzig Euro.

»Danke«, sagte ich.

»Da nich für«, sagte er. »Ich habe heute gut verdient, und du hast einen super Job gemacht. Könnte dich auch am nächsten Sonntag brauchen. Du hast doch Sommerferien, oder?«

Ich trank das Bier, die Sonne stand jetzt gleißend hell über der Elbe. Mitte Juli. Sommerferien, genau. Die Welt der Schule war mir unendlich fern. Aber irgendwann, Ende August vermutlich, würde ich wieder in der Schule sitzen, um das letzte Jahr zu machen. Und irgendwo warteten meine Eltern auf mich. Ich musste nur darauf kommen, wo sie warteten und wer ich war.

Drüben auf der anderen Seite ragten die Ladekräne hoch in den Himmel, ganze Heerscharen von ihnen, starr und stumm, als warteten sie auf einen Befehl, um vorzurücken. Sie erinnerten mich an die Kampfläufer aus *Star Wars*. Doch sie rührten sich nicht vom Fleck.

Das Wasser der Elbe glitzerte. Zwei Frachtkähne schoben sich stromaufwärts, hoch beladen mit Containern für China oder Südamerika, eine Barkasse mit Ausflüglern schaukelte dazwischen. Möwen schwirrten mit spitzen Schreien auf, einzeln oder zu dritt, zu viert, umflatterten die Abfälle und die verstreuten Fischreste.

»Viel redest du ja nicht«, sagte Werner, nahm einen langen Zug aus der Bierflasche und rülpste mit Genuss. »Wo kommst du her? Was machst du hier? Was hattest du vor, als du heute Morgen da am Tor standest?«

»Keine Ahnung«, sagte ich.

Werner lachte. »*Keine Ahnung*. Na denn.«

Er nahm einen weiteren Schluck aus der Flasche und schwieg nun auch. Wir sahen beide hinaus aufs Wasser. Das dumpfe, lang gezogene Tuten der Frachter und Schlepper kam über die Elbe. Aus der ehemaligen Auktionshalle wehte eine Wolke Gitarrenriffs. Plötzlich fühlte ich mich unsagbar müde. Es waren nicht nur die sechs Stunden des Kistenschleppens und Verkaufens, sondern auch die Stunden davor, das Aufwachen in der Bahnhofshalle und die Stunden, die hinter einem undurchdringlichen Schleier lagen.

»Ich brauche einen Platz zum Schlafen«, sagte ich. »Irgendwas, wo ich mich verkriechen kann. Und ich brauche einen Job. Ich hab keine Ahnung, was mit mir los ist. Wo ich herkomme. Wie ich heiße. Außer Lennart, wahrscheinlich.«

Ich war mir ziemlich sicher, dass Werner mich auslachen würde. Oder einfach aufstehen und weggehen, wie man von einem Penner aufsteht und weggeht.

Er wiegte seinen Fischhändlerkopf. »Das mit dem Job, das ist kein Ding. Kannst am Sonntag wiederkommen, hab ich doch schon gesagt. Und mit dem Schlafplatz, das sollte auch kein Problem darstellen. Ich hab einen alten Wohnwagen an der Süderelbe stehen, drüben bei Harburg, auf einem Campingplatz neben dem Containergebiet.«

Er wies mit einem gewissen Besitzerstolz in Richtung der großen Brücke, die sich weithin über den Hamburger Morgen spannte.

»Aber mit dem anderen Kram kann ich dir eher nicht helfen. Lennart Wahrscheinlich ist doch kein Name. So heißt doch niemand.«

»Lennart, wahrscheinlich«, sagte ich. »Wahrscheinlich Lennart.«

Werner zuckte die Schultern. »Kenn ich, kenn ich gut. Ich hab früher mal geboxt, Amateur, kleiner Verein, so Vorstadtmeisterschaften haben wir geboxt. Wenn wir angeschlagen waren, zu Boden gingen, dann hat der Ringrichter immer nach unseren Namen gefragt. *Wie heißt du?* Ich war fein raus. Werner Reder. Kann man sich leicht merken. Du kriegst voll einen auf die Zwölf, einen Hammerschlag. Und sackst erst mal ab. Dein Körper schaltet auf Notbetrieb. Dann langsames Hochfahren, und was du durch eine Wolke von Schmerz und Wut hörst: *Wie heißt du?* Werner Reder, hab ich gesagt. Ich wusste immer, wie ich heiße. Weißt du, warum? Ich wollte es meinem Gegner richtig heimzahlen. Ich hab nicht ein einziges Mal meinen Namen vergessen.«

»Ich hab nicht geboxt«, sagte ich. »Ich bin am Hauptbahnhof aufgewacht. Kann mich an nichts erinnern. Und ich hatte nichts in der Tasche außer einem Taschentuch und einem Fünfer.«

»Kein Ausweis oder so? Bankkarte, Monatskarte, Schülerausweis, Gesundheitskarte? Zumindest ein Schlüsselbund?«

Werner forschte nach, ich schüttelte den Kopf.

»Handy?«, fragte er. »Habt ihr jungen Leute doch alle.«

Ich zuckte mit den Schultern. »Kein Handy.«

Er schob die Unterlippe nach vorn. »Vielleicht bist du aus einer Anstalt entflohen. Oder aus dem Jugendknast. Ein Mörder ohne Gedächtnis!« Werner lachte und stieß mich in die Seite. »Komm, war ein Scherz. Muss auch mal sein. Ich glaube, ich bring dich jetzt zum Campingplatz, du schläfst dich am besten mal aus. Der Rest findet sich.«

Mir war nicht so sehr nach Scherzen zumute, aber Werner konnte es einfach nicht lassen. Als wir in seinem Lieferwagen saßen, nervte er mich endlos mit gefakten Lautsprecherdurchsagen: »Der kleine Lennart hat seine Eltern verloren und möchte im Bällchenbad abgeholt werden. Der kleine Lennart Wahrscheinlich vermisst seine Mami!«

Wir fuhren über die Köhlbrandbrücke, und für einen kurzen Moment genoss ich den Panoramablick über Hamburg, über den Stadtrand hinaus, die Elbe hinunter, ich ahnte schon fast die Nordseeküste und das offene Meer.

3. KAPITEL

Ein paar Minuten später bog Werner in ein weitläufiges Hafengebiet ab und brachte mich zu einem Campingplatz, der offenbar nicht mehr betrieben wurde. Das Gatter quietschte, als Werner es aufstieß. Auf dem Gelände standen acht oder neun vereinzelte Wohnwagen. Werner führte mich zu einem Trailer ganz am Rand, unter den Ästen einer riesigen Eiche.

Der Wohnwagen stand aufgebockt auf alten Planken und Bohlen; die Reifen waren platt. Werner holte den Schlüssel aus dem Versteck unter der linken Radkappe.

Er wuchtete seinen schweren Körper ächzend die kleine Stufe hoch, und ich ging hinterher. Im Wohnwagen roch es nach Staub, feuchtem Gras und zu lange getragenen Männersocken, aber nicht allzu schlimm. Es gab eine Sitzgelegenheit mit Esstisch, hinten eine Fläche zum Schlafen, die Polster waren in orangebraunen Tönen gehalten. »Meinst du, du kannst es hier aushalten?«, fragte Werner.

»Mir gefällt's«, sagte ich. »Wirklich.«

Er legte den Schlüssel in meine Hand. »Wenn irgendwas ist, dann versteckst du den Schlüssel einfach wieder in der Radkappe. Wenn du weißt, wer du bist und wohin du gehörst. Aber meinetwegen kannst du so lange hierbleiben, wie du möchtest.«

»Danke«, sagte ich.

Er stieg aus dem Wohnwagen, winkte mir zu und ging. Obwohl es Mittag war, war es angenehm kühl. Der Wohnwagen wurde vom dichten Blattwerk der Eiche beschattet. Ich zog die Tür zu, verriegelte sie von innen, legte mich auf das Polster und schlief sofort ein.

Als ich aufwachte, war es dunkel. Draußen schrie ein Käuzchen. Ich nahm an, dass es mitten in der Nacht war. Eine Uhr hatte ich nicht. Ich lag lange wach und versuchte, mich an meine Träume zu erinnern, doch es gelang mir nicht. Ich versuchte, mich an die Mädchenstimme zu erinnern, an diesen Klang, der am frühen Morgen im Bahnhof in mir nachhallte. Aber ich kam nicht auf ihren Namen.

Ich schloss die Augen und sah nur Sprotten, Heringe, Aale, Kisten und Wannen voller Eisstücke, Welse und Schollen. Das war meine Vergangenheit: ein Vormittag auf dem Fischmarkt, ein früher Morgen im Hauptbahnhof, ein Blick über die Elbe.

Ich schlief wieder ein, träumte unruhig, stieg durch eine Luke am Ende einer Straße, begleitet vom Lachen zweier Kapuzenjungs und erwartet vom unablässigen Knallen der Bässe. *Nz nz nz nz nz nz nz nz nz nz dudumm dudumm dudumm, babamm babamm.* Rhythmuswechsel von leichtem Trab in schweren Galopp. Die donnernden Hufe hallten in meinem Brustkorb nach, als ich am Morgen erwachte.

Ich hatte wieder Kopfschmerzen. Vielleicht hatte ich zu lange geschlafen, vielleicht war es die schlechte Luft im Wohnwagen. Ich ließ Tür und Fenster offen, als ich mich auf den Weg machte, um einen Bäcker oder Supermarkt zu finden. Das

Gatter vor dem Campingplatz quietschte, als ich es hinter mir zuzog.

Die Straße hinunter fand ich einen Imbiss, an dem zwei Bauarbeiter ihren Frühstückskaffee tranken. Ich bestellte ein Brötchen mit Rührei und einen großen Becher Kaffee.

»Kommt«, sagte die Frau im Imbiss.

Ich fragte sie nach dem nächsten Supermarkt.

»Gleich da runter«, sagte sie.

Niemand wunderte sich, dass ich hier war. Ich bekam meinen Kaffee, aß das Brötchen mit dem Rührei und fand es so lecker, dass ich gleich noch eines bestellte.

Zum ersten Mal fühlte ich mich unbeschwert. Erst mal einkaufen, den Wohnwagen herrichten, zur Ruhe kommen. Werner hatte bestimmt recht: Die Erinnerungen würden irgendwann wiederkommen. Ganz sicher.

Ich kehrte mit drei Tüten voller Einkäufe auf den Campingplatz zurück. Spaghetti, Tomaten, Eier, Öl, Zucker, Salz, Brot, Schinken, Butter, Nutella, Kekse, Bier, Tee, eine Zeitung. Es gab einen kleinen Gaskocher mit zwei Flammen. Ich musste nur das Ventil zur Gasflasche wieder aufdrehen.

Es war wie im Urlaub. Ich kochte mir Spaghetti mit Tomatensoße, raspelte Parmesankäse darüber, trank einen Becher Tee dazu und las Zeitung. Im Schatten der Eiche war es schön kühl. Irgendwo in der Nähe quakten Frösche, offenbar war dort hinten ein Teich. Ich hörte auch das Rauschen des Verkehrs auf der Schnellstraße, doch das ging mich hier nichts mehr an.

Nach dem Essen erforschte ich den Campingplatz. Das Gelände war verwildert, die anderen Wohnwagen schienen seit Langem verlassen, die meisten Vorhänge waren zugezogen. Nur bei einem konnte ich hineinschauen. Dort standen noch Müslischalen auf dem Tisch, daneben lag ein Stapel Spielkarten. Am Rand lag ein Fußball aus Plastik, platt, zerbissen, die Spuren der Hundezähne waren deutlich zu sehen.

Neben dem Gatter befand sich das Häuschen, in dem der damalige Betreiber des Platzes seinen Schreibtisch gehabt hatte. Die Tür hing in den Angeln, ich zwängte mich durch den Spalt, blies den Staub von den Ordnern und blätterte die Seiten durch. Reservierungen von Campern aus Dortmund, Herne, Bochum, Siegen, Erkelenz. Die Briefe waren alt, manche handschriftlich mit Kugelschreiber, andere stammten von einem uralten Nadeldrucker. Auf dem Schreibtisch stand auch ein Telefon, ich nahm den Hörer ab, doch die Leitung war tot.

An der Wand dahinter hingen leicht gewellte Postkarten von Capri, Mallorca und auch aus Thailand.

»Schönste Urlaubsgrüße von Jutta und Rolf. Nächstes Jahr wieder bei Euch! Gruß an die Frösche.«

»Wir haben herrliches Wetter hier. Sonne satt. Recht herzliche Grüße an die Skatbrüder von Reihe drei! Waltraud und Walter.«

Ein Trampelpfad führte hinunter zu einem mittelgroßen See, der zur Hälfte von Schilf und Seerosen zugewuchert war. Das Quaken verstummte, als ich den schmalen Steg betrat. Das Holz wirkte morsch, ich traute mich deshalb nicht weit hinaus. Doch hier irgendwo mussten die Frösche sitzen, vielleicht zehn oder zwanzig, vielleicht auch hundert. Ihr plötzliches Schweigen war rätselhaft. Ich fühlte mich von ihnen beobachtet, ohne sie selbst sehen zu können.

Ein leichter Wind strich über die Oberfläche des Wassers, viel zu sacht, um sie zu riffeln. Ich stand eine Weile ganz still auf dem Steg. Er schien unter meinem Gewicht ein wenig zu schwanken.

Als ich mich umdrehte, quakte ein Frosch, als hätte er lange genug geschwiegen. Prompt fielen alle anderen Frösche wieder in den anschwellenden Chor ein. Ich suchte einen Weg am Ufer entlang, hier musste doch auch ein Liegeplatz sein, zumindest ein Einstieg für Schwimmer oder ein Anleger für Boote. Doch ich fand nichts. Das Ufer war so zugewachsen, als hätte es nie jemand betreten. Und was die Frösche betraf, konnte es gern auch so bleiben.

Sechs Tage lang lebte ich mit dem Rücken zur Stadt, wusch meine Klamotten, ging zeitig schlafen, träumte viel, vor allem Sounds, Töne, seltsame und manchmal beängstigende Klänge. Was war mit mir los? Warum träumte ich Sounds? Ein Presslufthammer in einem Kellergeschoss. Das Starten eines Autos in einem leeren Parkhaus. Das Gähnen eines alten Gottes in einem leeren Universum. Solche Sounds. Ich studierte stundenlang die Automatenfotos mit dem Mädchen. Ich kannte sie, und endlich fiel mir ihr Name ein. Sie tauchte auch in meinen Träumen auf, sie war Moe, die vor mir im U-Bahn-Tunnel verschwunden war. *Geh nicht da hin*, hatte einer der Jungen gesagt. Aber Moe hatte meinen Namen gerufen, und ich war ihr an einen verborgenen Ort gefolgt, in ein verlassenes Gewölbe, das von schwarzen Bässen widerhallte.

Dort war irgendetwas geschehen, an das ich nicht erinnert werden wollte. Mein Gedächtnis weigerte sich, es herauszugeben, und anscheinend war es so massiv bedrohlich, dass es lieber in einen Generalstreik getreten war. Alle Funktionen waren blockiert, es kam so gut wie nichts durch, was meine Vergangenheit betraf.

4. KAPITEL

Am zweiten Sonntag auf dem Fischmarkt lernte ich Jule kennen. Über der Stadt lag ein dunstiger Schleier. Wahrscheinlich würde es sehr heiß werden. Wir waren spät dran. Unten auf dem Fischmarkt hatten die anderen Händler schon angefangen, ihre Stände aufzubauen, die ersten Besucher waren da. Werner fluchte und trieb mich zur Eile, ich sollte ihm mit dem Gestänge und der Plane helfen, aber ich stellte mich wegen meiner Müdigkeit ungeschickt an.

Das Geschäft lief nicht gut, es lag an Werner, der mürrisch und angefressen herumstand, die Arme verschränkt. Die Kunden trauten sich überhaupt nicht näher heran. Ich holte ihm einen Kaffee, und als ich wiederkam, stand dieses Mädchen da. Leichter Mantel bis zu den Knien, schwarz mit hellen Einsprengseln, offen, darunter ein T-Shirt und eine weite senfgelbe Stoffhose. Die Hosenbeine verschwanden in grauen Socken. Sneakers. Hände in den Manteltaschen. Und ich dachte sofort: Leistungskurs Kunst.

Sie hatte etwas Leichtes, Helles. Wahrscheinlich lag es an ihren feinen blonden Haaren, die es so nur bei ein paar norddeutschen Mädchen gibt. Echt blond und ganz hell. Und ebenso wahrscheinlich war, dass sie ihr Haar hasste, weil sie es dünn und mickrig fand, obwohl es super aussah. Ein bisschen unwirklich, wie ein schimmerndes Geheimnis. Aber ich stand sowieso nicht auf Blondinen, auch nicht, wenn sie richtig hübsch waren.

Dieses blonde Mädchen legte den Kopf zur Seite und schaute mich an, als ob ich sie an jemanden erinnern würde. Ihre Haare wehten wie ein kleiner Schleier im Wind, es sah toll aus. Als unsere Blicke sich begegneten, schaute sie weg, blieb aber stehen. Meinetwegen. Ich wendete mich wieder den Fischkästen zu.

Sie war nicht allein, sondern stand am Rand einer Gruppe von vier Mädels, die alle gut schwankten auf ihren hohen Absätzen. Aperol Spritz, vermutete ich, und zwar nicht zu knapp. Sie schaute mich immer noch an, und das nervte mich. Woher sollte sie mich kennen? Niemand in dieser Stadt kannte mich, und dabei sollte es bleiben.

Werner hatte seinen Kaffee inzwischen in großen Schlucken getrunken, rückte seinen Fischhändlerkittel zurecht, nahm ein großes Einwickelpapier und legte zwei Forellen darauf.

»Hier, min Deern, die beiden kriegst du für zwanzig. Den Lachs lege ich dir umsonst dazu. Komm, den Aal kriegst du auch, alles für zwanzig. Kannst auch anfassen. Willst du mal?«

Er hob eine Forelle hoch, ihr glänzender Leib bog sich unter Werners zärtlichen Händen. Das Mädchen kam näher und nahm ihm den Fisch aus der Hand. Das gab es bei uns eigentlich nicht, wer was anfassen wollte, musste vorher kaufen. Wo gab es das denn, dass der Fisch durch zig Hände wanderte? Aber Werner sagte diesmal nichts.

»Ziemlich groß«, sagte das Mädchen. Ihre Stimme war dunkel, ein bisschen rau.

Ihre Freundinnen kamen jetzt auch näher. Die Forelle wanderte durch sechs bis acht Hände, bis eines der Mädels sie durch die Finger rutschen ließ und sie auf den Asphalt klatschte. Sofort waren drei der Hafenkatzen da und schleppten die unerwartete Beute in Sicherheit.

Die Mädchen kreischten auf und wichen zurück, als weitere Katzen angeschossen kamen. Werner scheuchte sie mit einem Besen weg. Ich hatte meinen Job erledigt, stand in der Gegend herum und hatte keine Lust, mich auch noch einzumischen.

Das Mädchen mit der interessanten Stimme schaute mich immer mal wieder an, und wenn ich ihrem Blick begegnete, lächelte sie, als wollte sie sich für den peinlichen Auftritt ihrer Freundinnen entschuldigen. Ich lächelte zurück. Die anderen Mädchen staksten zwischen den Katzen herum, die sich gierig um die Forelle stritten, und strichen sich dabei die Jeans glatt.

»Iiiih, ich rieche voll nach Fisch, das ist widerlich, das geht nie wieder raus!«

»Ich kann so nicht nach Hause gehen, meine Mama bringt mich um, wenn sie das sieht!«

»Jule, hast du ein Taschentuch? Jule, komm doch mal!«

Das Mädchen mit dem schräg gelegten Kopf hob die Augenbrauen, als wäre ihr die ganze Sache echt peinlich.

»Bin gleich zurück«, sagte sie zu mir.

Okay, Jule heißt sie, dachte ich. Wahrscheinlich heißt sie eigentlich Julia oder Juliane, wird aber einfach Jule genannt, und in der Grundschule haben alle sie mit »schwule Jule« geärgert. Oder »coole Jule«. Aber ihre Stimme zog mich echt in den Bann. Natürlich verliebt sich niemand in eine Stimme. Ich ging zum Lieferwagen und schüttete neues Eis auf, was ich schon längst hätte tun müssen. Als ich mich umsah, hatte sich der kleine Pulk der Mädchen entfernt. Na toll, dachte ich, das war's dann wohl.

Doch eine Stunde später war Jule wieder da, allein. Sie stand einige Meter von unserem Stand entfernt und wartete. Ich hatte viel zu tun am Lieferwagen.

»Lennart, du gehst jetzt zu ihr hin, oder du kriegst von mir einen Tritt in den Hintern«, flüsterte Werner.

»Sag du mir nicht, was ich zu tun habe«, murmelte ich und stapelte die Fischkästen geräuschvoll aufeinander.

Aber dann ging ich doch. Sie stand einfach da, betrachtete ihre Fingernägel und knabberte auf ihrer Unterlippe herum.

»Da bist du ja wieder«, sagte ich. Der erste Satz ist immer der schlimmste, aber dass mein erster Satz so banal werden würde, damit hatte ich nicht gerechnet.

»Ich hab doch gesagt: Bin gleich zurück«, sagte sie.

»Wie geht's deinen Freundinnen?«

»Ich hab sie ins nächste Taxi gesetzt. Die waren einfach hinüber. Es war eine ziemlich lange Nacht.«

»Wart ihr tanzen?«

»Ja.«

Sie sagte nicht, wo sie tanzen waren, und ich fragte nicht nach, weil ich den Laden ohnehin nicht gekannt hätte.

»Und du so?«, fragte sie und legte den Kopf wieder schräg. Ich schaute zu Werner, der sich am Stand zu schaffen machte.

Er strahlte uns beide an. Ein Grinsen von einem Ohr zum anderen.

»Ich arbeite hier«, sagte ich.

»Praktikum?«

»Nein, hat sich so ergeben«, sagte ich und zuckte mit den Schultern. Ich hatte nicht unbedingt Lust, ihr meine ganze Lebensgeschichte zu erzählen, vor allem weil ich, abgesehen von der letzten Woche, keine Ahnung von meiner Lebensgeschichte hatte. Sie wartete auf eine Antwort. Ich wartete darauf, dass sie aufhörte, darauf zu warten. Werner klapperte mit den Fischkisten. Die Möwen kreisten über der Elbe.

»Alles klar«, sagte Jule. »Ich hasse es auch, wenn Leute mich ausfragen. Ich wollte nur so eine Art Gespräch in Gang bringen. Eine Unterhaltung quasi. Was man eben so macht, wenn man sich nicht kennt. Konversation.«

»Ich bin neu in der Stadt«, sagte ich.

»Okay, sorry«, sagte sie. »Das erklärt einiges. Wir machen das hier so: Wir unterhalten uns, stellen kleine, scheinbar völlig unbedeutende Fragen, hören uns die Antworten an, werden auch was gefragt und geben dann möglichst nette Antworten. So lernt man sich kennen. Kommt sich quasi näher.«

»Klingt gut«, sagte ich. Ihre schnippische Art nervte mich, auch wenn sie einfach großartig aussah und ich ihr gern zuhörte, allein wegen ihrer tollen Stimme.

Sie redete weiter: »Das klingt nicht nur gut, das wird noch besser. Über einen schönen Kaffee führt dann der Weg zu einer Verabredung, die, eine gewisse Sympathie vorausgesetzt, weitere Treffen an verschiedenen Orten der Stadt nach sich zieht. Das können coole Bars sein oder ruhige Cafés, in denen man ungestört ist. Wenn das alles gut läuft, kommt es zu den erwartbaren und auch erwünschten körperlichen Annäherungen. Du weißt, was ich meine. Man nennt es auch Hamburger Pärchenbildung. Die Fingerspitzen berühren sich, wenn man die Zuckerdose hinüberreicht. Man knufft sich spielerisch, man nimmt die Hand des Gegenübers. Auch die Knie können sich berühren. Kommen die Münder der beteiligten Personen zueinander, sprechen wir vom Kuss. Wird hierbei mit der Zunge gearbeitet, von einem Zungenkuss.«

Sie machte bei »Zungenkuss« zwei Anführungszeichen in die Luft, als hielte sie ein Referat im Einführungsseminar Ethnologie.

»Dann ist es auch schon Zeit für die Verlobung. Die Eltern der jungen Leute kommen ins Spiel. Eine Ablösesumme wird vereinbart. Ich kürze daher etwas ab: Hochzeit, Kinderkriegen, danach wahlweise Scheidung oder silberne Hochzeit. Tod. So machen wir das hier in Hamburg. Quasi.«

Sie stand vor mir, den Kopf schräg gelegt, und schaute mich an. Die Möwen kreischten über uns. Die anderen Händler riefen die letzten Blumentöpfe aus. Auch Werner räumte schon die Fischkästen zusammen. Ein Gefühl von Feierabend lag in der Luft. Außerdem war klar, dass ich jetzt am Zuge war.

»Okay«, sagte ich. »Kann ich dich jetzt auf einen Kaffee einladen?«

»Ja«, sagte sie. »Aber sag nachher nicht, ich hätte dich nicht gewarnt.«

5. KAPITEL

So fing das an mit Jule. An diesem Tag brachte Werner mich nicht zurück zum Campingplatz. Ich half ihm noch beim Zusammenpacken, während Jule am Kai saß und den Katzen zusah. Dann gab Werner mir die siebzig Euro für den Vormittag und haute mir auf die Schulter.

»Mach dir einen schönen Tag, Junge«, sagte er. »Wir sehen uns. Lass dir mal die Stadt zeigen. Hamburg, meine Perle!«

»Berlin, ick liebe dir«, sagte ich prompt, ohne eine Sekunde nachzudenken, es rutschte mir einfach raus.

Werner sah mich mit offenem Mund an. »Ach du Scheiße! Du kommst aus der Hauptstadt.«

Ich nickte, es ergab sofort einen Sinn: die U-Bahn-Tunnel, die Technobässe, die gehetzte Atmosphäre. Aber es war auch nicht mehr als ein kleiner Lichtschimmer am Ende meiner dunklen Gedächtniskatakomben.

»Jetzt kümmerst du dich erst mal um die Gegenwart«, sagte Werner.

Jule ging mit mir hinunter zum Fähranleger. Sie wusste genau, was sie wollte: »Wir nehmen die 62 und fahren nach Finkenwerder.«

Auf dem Wasser war der Wind frischer. Er wehte mir manchmal, wenn ich mich zu Jule beugte, um besser zu verstehen, was sie sagte, ihre Haare ins Gesicht, eine Wolke aus Mädchengeruch und weichem Gold. Ich hörte ihre Stimme und war gern in ihrer Nähe.

Ich war eigentlich todmüde, weil ich in der Nacht höchstens zwei Stunden geschlafen hatte. Auf dem Fischmarkt beim Kistenschleppen hatte ich die Minuten gezählt, bis ich mich hinlegen konnte. Dann war Jule aufgetaucht. Und jetzt war ich überhaupt nicht mehr müde.

Die Fähre wechselte hinüber zur anderen Elbseite. In der Mitte des Stromes geriet sie in stärkeren Wellengang und schaukelte auf und nieder, doch der Steuermann beschleunigte und brachte sie in ruhigeres Wasser. Am Containerhafen warteten dreißig oder vierzig Kräne auf ihren Einsatz, jetzt am Sonntag lag alles still. Jule und ich saßen Schulter an Schulter an der Reling, beide in Gedanken versunken.

Dieser Wechsel aus Reden und Schweigen kam mir bekannt vor, es war wie eine geheime Sprache, die man lernen musste, wenn man mit einem Mädchen unterwegs war.

Plötzlich fiel mir das dunkelhaarige Mädchen aus meinem Traum wieder ein, Moe, sie lief vor mir her, ich wollte sie einholen, ich konnte den Bass, der aus einem Kellerlabyrinth drang, ganz deutlich in meinem Kopf hören. Moe verschwand in den Katakomben, aber sie winkte mir zu, ehe die Luke sich hinter ihr schloss.

»Woran denkst du?«, fragte Jule.

»An Musik«, sagte ich. »An Bässe. Einen Technokeller. Irgendwelche Erinnerungen, die ich nicht zuordnen kann.«

Die Fähre wurde langsamer, als sie den Anleger von Finkenwerder erreichte. In einem eleganten Wendemanöver legte sie an, und Jule war mit einem Satz auf dem Kai, ehe die Rampe zum Aussteigen heruntergelassen war. Der Steuermann rief ihr etwas nach, das ich nicht verstand, und sie antwortete in derselben Sprache.

»Was redet ihr denn da?«, fragte ich.

»Mensch, du kommst echt vom Mond. Das ist Plattdüütsch!«

Ich zuckte mit den Achseln. Jule stieß mich an: »Davon kriegst du gleich noch viel mehr zu hören. Wir gehen zu meiner Oma, und die spricht eigentlich nur Platt.«

»Super«, sagte ich, doch ich sah wohl nicht sehr begeistert aus, denn Jule fasste mich am Ellenbogen.

»Oma Finkenwerder, das heißt: Apfelkuchen mit Schlagsahne, Tee mit Kluntjes.«

Überall auf Finkenwerder zwitscherten Vögel, die Leute gingen hier viel langsamer und grüßten, es war wie auf dem Dorf. Jules Oma wohnte in einem niedrigen Backsteinhaus hinterm Deich, die Küche war ganz hellblau. Sie machte uns Kakao, und der Apfelkuchen gab mir einfach den Rest. Dicker Hefeteig, noch warm, die Äpfel zerfielen beim Kauen im Mund.

Jule und ihre Oma redeten ein helles Platt, von dem ich kein Wort verstand, doch das war mir völlig egal, ich aß ein Stück Apfelkuchen nach dem anderen, trank den Kakao, und irgendwann, als die beiden eine Pause einlegten, sagte ich: »Ich glaube, ich bin seit Monaten nicht mehr so glücklich gewesen.«

Jules Oma sagte daraufhin etwas, das ich nicht verstand und das Jule auch nicht übersetzte.

Als wir an der Anlegerstelle auf die Fähre zurück warteten, sagte sie: »Meine Oma meint, du kannst gern mal wiederkommen.«

»Auf jeden Fall!«

»Falls du mal wieder Hunger hast, sagt sie.«

Die Fähre kam, wir stiegen ein, saßen rückwärts zur Fahrtrichtung und sahen auf die Elbe hinaus. Irgendwo dort hinten am Horizont strömte sie in die Nordsee, ich hatte Fernweh und Heimweh gleichzeitig, und Jule war ziemlich weit weg.

»Wo wohnst du denn?«, fragte sie.

»Da drüben«, sagte ich und wies unbestimmt über die Köhlbrandbrücke.

»Harburg?«

»Ja, so die Richtung. Auf einem Campingplatz.«

Jetzt war es raus. Ich rechnete damit, dass sie noch weiter von mir abrücken würde. Sie glotzte mich mit kugelrunden Augen an.

»Wieso das denn?«

Okay. Und dann erzählte ich ihr, was ich von meinem Leben wusste. Ich erzählte ihr vom Hauptbahnhof, von meinem Weg ans Wasser, vom Fischmarkt und von Werner. Vom Campingplatz und den Fröschen. Ich erzählte ihr auch, dass ich mich schemenhaft an meine Eltern erinnerte. Und ich erzählte ihr von dem Mädchen. Und von den Träumen im Technobunker. Jule hörte zu. Ich sagte ihr, dass ich in den ersten beiden Wochen eigentlich keine Erinnerungen gehabt hatte, aber dass jetzt ein paar Fetzen wiedergekommen waren. Ahnungen eher.

»Ich glaube, ich komme aus Berlin.«

»Ach du Scheiße«, sagte sie.

Dann umarmte sie mich, ganz plötzlich, und obwohl sie eher klein war, klappte das ganz gut.

»Du musst echt total einsam sein«, sagte Jule.

»Passt schon«, sagte ich.

Wir erreichten die Landungsbrücken, standen da noch herum, als die Fähre längst weg war, und wussten beide nicht, wie wir uns verabschieden sollten.

»Ruf mich mal an«, sagte sie. »Ich geb dir meine Nummer.«

»Ich hab kein Handy«, sagte ich.

»Dann treffen wir uns hier, morgen, um sechs.«

»Ja, super«, sagte ich.

»Okay, ich muss los«, sagte Jule.

Sie drehte sich dann noch mal um. »Hast du wenigstens einen Fernseher in deinem Wohnwagen auf dem Campingplatz?«

Ich schüttelte den Kopf. »Kein Fernseher. Keine Playstation. Kein MP3-Player. Ich höre den Fröschen draußen zu.«

»Ach du Scheiße«, sagte sie.

Und dann war sie weg.

Diesmal fühlte ich mich wirklich total einsam, als ich mich auf den langen Heimweg zum Campingplatz machte.

Am nächsten Abend war ich um sechs an den Landungsbrücken, und wer nicht kam, war Jule. Nicht um sechs und nicht um Viertel nach sechs und nicht um halb sieben oder sieben. Um acht gab ich es auf. Ich kam mir albern vor, auf dem Ponton der Landungsbrücken hin und her zu gehen, unruhig und zunehmend genervt und trotzdem immer schön in Sichtweite für jemand, die dann doch nicht kommt.

Ich ärgerte mich darüber, dass ich weiter auf sie wartete. Und noch mehr ärgerte ich mich darüber, dass ich ihr meine Geschichte erzählt hatte. Trotzdem war ich am Dienstag noch mal da, nur für den Fall, dass ich mich im Tag geirrt hatte. Keine Jule. Ich ging dann am Mittwoch und Donnerstag nicht mehr hin. Am liebsten hätte ich sie ganz vergessen.

Es war nur so, dass ich seit dem Sonntag, also seit ich mit Jule unterwegs gewesen war, unglaublich gut hörte. Irgendetwas hatte sich verändert. Meine Ohren, so fühlte es sich an, waren wieder wach. Ich konnte den Wind über der Elbe hören, den weichen schwingenden Sound wahrnehmen, den die Windböen machten. Ich hörte das Knirschen der Ladekräne am anderen Ufer. Das Tuckern der Kähne auf dem Wasser kam jetzt als rhythmischer Track herüber, dem ich am liebsten das Schnatzen eines Metallfeuerzeugs unterlegt hätte. Dazu hätte man schon eine Weile tanzen können. Dazu das Rattern der U 3, die nicht weit von den Landungsbrücken aus dem Tunnel kam und als Hochbahn über eine stählerne Trasse rasselte. Mir kam es vor, als wäre die Stadt ein Kosmos an Geräuschen, Klängen, Rhythmen, in dem ich bisher ganz selbstverständlich gelebt hatte, ohne die Eigenheit wahrzunehmen. Jetzt konnte ich die ganze unglaubliche Schönheit der Sinfonie dieser Stadt wieder hören.

Minutenlang stand ich an den Landungsbrücken und

lauschte einfach nur. Es war Freitag, wieder kurz vor sechs, ich hatte nichts anderes zu tun. Das Wasser schwappte leise an den schwimmenden Ponton, eigentlich kaum hörbar. Aber ich hörte das, ich konnte diese winzigen Geräusche für mich hochpegeln, und jetzt hatte ich ein sattes Wasserschmatzen, Wellenkabbeln im Ohr. Kräftiges Autohupen dazwischen, außerdem eine Hamburger Frauenstimme, die immer wiederholte: *Denn sacht er, un denn sach ich, und denn sacht er wiedä, und denn sach ich.* In Endlosschleife. Bass drunter. Reifenquietschen. Möwenkreischen. In der Ferne die Sirene eines Rettungswagens. Und dann der tiefe, lang gezogene Klang eines Schleppers. Brauchen wir eine Melodie darüber? Einen Text? Bitte schön: *Denn sacht er, un denn sach ich, und denn sacht er wiedä, und denn sach ich.* Meine Laune hellte sich immer weiter auf, ich setzte mich auf einen Poller, schloss die Augen und dirigierte die Klangfetzen zu einer harmonischen Wolke, in der ich mich mehr und mehr verlor. Ich hätte gern noch ein Gitarrensolo gehabt, einen schmutzigen wilden Lauf die Saiten rauf und runter, dann wäre es perfekt gewesen.

»Sag mal, spinnst du?«

Ich integrierte diese Stimme problemlos in meine improvisierte Hamburgsinfonie, obwohl sie mir bekannt vorkam, etwas kratzig, jung, eigen. Werner war das jedenfalls nicht. Kein Grund, die Augen zu öffnen, nicht jetzt, wo ich so schön drin war.

»Hallo? Lennart?«

Das war ihre Stimme. Jules Stimme. Ich machte die Augen auf, meine Klangwolke zerstob in ein Gewirr nerviger Alltagsgeräusche, ich saß wie blöd auf dem Poller und nahm die Arme runter, mit denen ich eben noch meine kleine, persönliche Sinfonie dirigiert hatte, und Jule stand vor mir. Wieder dieser schräg gelegte Kopf, als prüfte sie genau, was sie sah.

»Alles okay bei dir?«, fragte sie.

»Alles bestens.«

»Sicher?«

»Keine Schmerzen oder so?«

»Nicht dass ich wüsste.«

»Drogen?«

»Bist du meine Mutter?«, fragte ich.

»Du bewegst dich so komisch.«

Der Klassiker. Wenn du jemanden verunsichern willst, dann behaupte einfach, dass er sich *komisch* bewegt. Immer schön vage bleiben. Du gehst *komisch*. Du lachst *komisch*. Du atmest *komisch*. Psychologische Kriegsführung, allererste Lektion.

Ich lachte. »Mir geht's bestens. Ich höre der Stadt zu. Und du so? Was machst du hier?«

Sie zuckte mit den Schultern und sah in dem Moment ganz zerbrechlich aus, wie eine Elfe. Ich hätte sie gern nach der Verabredung gefragt, am Montag um sechs. Aber das wäre uncool gewesen.

6. KAPITEL

Meinetwegen hätte es immer so weitergehen können. Wir haben nie darüber geredet, weshalb sie am Montag nicht gekommen war. Ich habe ihr nie erzählt, dass ich auch an den nächsten Tagen auf sie gewartet hatte. Wir waren wieder zusammen, das war entscheidend. Obwohl uns beiden unklar war, was das heißen sollte: zusammen. Wir hielten nicht Händchen, küssten uns nicht, ich stand nicht auf Blondinen, Jule fand es weiterhin unfassbar, dass ich in einem Trailer hauste. Ich war froh, dass ich wieder so hellhörig war wie offenbar früher schon einmal, und ich war froh, dass ich nicht nach Berlin musste.

Es waren Sommerferien, ja. Aber das war eine Ausrede. Ich hatte einfach Angst, überhaupt an Berlin zu denken, denn wenn das passierte, allein im Wohnwagen, tief in der Nacht, dann drohte ich in einem schwarzen Strudel zu versinken.

Also blieb ich in Hamburg und ging jeden Tag mit Jule durch die Stadt. Binnenalster. Tierpark Hagenbeck. Treppenviertel. Wir sahen uns die Schrumpfköpfe in dem Kellerladen in St. Pauli an. Und alles war gut. Bis zu jener Nacht im Alten Elbtunnel.

Es war mein vierter Sonntag in Hamburg, ich hatte frühmorgens wieder auf dem Fischmarkt bei Werner gearbeitet. Abends traf ich Jule auf den Landungsbrücken, und sie wollte unbedingt, dass wir zusammen zum Elbtunnel hinuntergingen. Ich hatte sofort ein ungutes Gefühl, vielleicht erinnerte mich der Abstieg an eine Zeit in Berlin, an die ich auf keinen Fall mehr denken wollte. Ich hasste einfach Treppen, die in die Tiefe führten. Es ging 132 Stufen hinunter, man kam an zerbrochenen Bierflaschen vorbei, Zeitungen, leeren Pappbechern vom Asia-Imbiss. Jule hüpfte vor mir wie ein Kindergartenmädchen die Stufen herunter, nahm zwei oder drei auf einmal, sodass der Absatz zu schwanken begann, wenn sie voller Wucht aufkam. Ich hielt mich am Geländer fest wie ein alter Mann und tastete mich nach unten.

Unten angekommen war es etwas besser, obwohl eine Stimme in meinem Kopf verkündete, dass jetzt die gesamte Elbe auf uns lastete, Millionen Liter Wasser, die nur darauf warteten, irgendwo eine Ritze zu finden, um den Tunnel in kürzester Zeit zu füllen.

Eine Röhre mit gewölbter Decke erstreckte sich vor uns, endlos lang. Grauweiße Kacheln, Reliefs von Flundern, Seesternen, Krebsen, Hummern, Mäusen in einem Stiefel. Ein gelbliches Licht lag auf den Kacheln. Bis auf unsere Stimmen war es gespenstisch still.

»Guter Ort für ein Konzert«, sagte ich.

»Die Hamburger Philharmoniker spielen hier manchmal«, sagte Jule. »Dann ist es hier rappelvoll, ein irres Gedränge, halb Hamburg steht dann hier unten und man hört überhaupt nichts.«

»Solche Musik meinte ich nicht«, sagte ich. Irgendetwas klang in meinem Gedächtnis an, eine innere Tür knarrte und öffnete sich einen winzigen Spalt. »Es ist toll, weil es so verlassen ist. Es ist niemand hier.«

»Wir sind doch da«, sagte Jule. »Lass uns gehen.«

Eine Fahrspur führte schmal zum anderen Ende. Von dort kam jetzt ein Knattern. Der volle und irgendwie feindselige Sound eines überzüchteten Motorrads.

»Komm«, sagte Jule und zog mich weiter.

Der Motorradfahrer, noch winzig klein, stand am Ende des Tunnels und gab ungeduldig Standgas. Seine Maschine fauchte heiser. Dann legte er den ersten und gleich darauf den zweiten Gang ein und knüppelte den schmalen Asphaltstreifen in der Mitte hinunter, uns direkt entgegen. Die Enge der Tunnelröhre verzehnfachte das hochfrequente Kreischen des Motors bei etwa sechstausend Umdrehungen. Der Fahrer war kaum zu erkennen, er lag mit Lederjacke und schwarzem Helm flach hingestreckt auf dem Tank. Von null auf hundert in vier Sekunden, mit einer Hand. Kniet nieder, ihr Bauern.

»Lass uns laufen«, sagte Jule und rannte los.

Ich lief neben ihr. Das aufgekratzte Knattern des Motorrads verhallte allmählich in unserem Rücken.

»Er kommt bestimmt zurück«, rief sie.

Sie hatte recht. Als wir das letzte Viertel erreicht hatten, wurde das Motorengeräusch für kurze Zeit leiser. Gerade so lange, wie man zum Wenden der Maschine benötigt. Jetzt war nur ein kurzatmiges, heiseres Röcheln zu hören, wie von einem Tier, das besinnungslos vor Wut gegen die Gitter seines engen Käfigs springt.

Und noch im Laufen, noch während hinter mir das bösartige Kreischen der Maschine näher und näher kam, dachte ich: Was für ein wundervoller Klang! Will ich haben! Muss ich verwenden für den nächsten Rave.

Und das schockte mich dann fast mehr, als wir am Ende des Tunnels angekommen waren und nach Luft rangen, denn ich erinnerte mich plötzlich an mein Aufnahmegerät, den Boss BR-80. Ich war jahrelang nicht aus dem Haus gegangen ohne meinen Field Recorder, meinen Sound-Sauger.

»Hast du das gehört?«, fragte ich sie begeistert.

»Bin ich taub oder was? Wer das nicht hört, der ist tot.«

»Ja, aber der Sound! Das ist göttlich!!«

»Das ist einfach nur ein Scheißkrach«, sagte Jule.

»Aber damit kannst du was machen«, sagte ich, und es fühlte sich an, als kehrte ich endlich nach Hause zurück. Ich war in meinem Metier. In meinem Revier. Ich hatte das Ohr für die seltsamen Sounds dieser Welt. Für einen winzigen Moment hatte ich eine Vision: eine Menschenmenge vereint im ekstatischen Tanz, völlig mitgerissen von der anschwellenden Musik, Arme zu Hunderten nach oben, die Köpfe zurückgelegt, die Gesichter schweißnass und von einem Lächeln verklärt, denn die Musik, die sie weiter- und weitertanzen lässt, die jede einzelne ihrer Körperzellen mit Energie füllt, ist dieser Motorradsound, die Kawasaki Mach 3 an der Grenze ihrer Leistungsfähigkeit, und der Ort des Tanzes ist natürlich der St. Pauli-Elbtunnel, der ideale Ort für eine *Sick Sound Session.* Ich musste diesen Höllenlärm unbedingt aufnehmen. Wo war bloß mein Aufnahmegerät?

Jule schüttelte den Kopf, als wir oben waren und ich sie fragte, ob sie ein Smartphone dabeihatte, ich müsste noch mal nach unten und das Motorradkreischen aufzeichnen.

»Du kriegst mein Smartphone nicht«, sagte sie. »Nicht für so einen Scheiß.«

»Aber ich brauche es für ein Konzert! Ich mache eine Collage daraus. Es wird dir gefallen. Eine Soundcollage. Für eine *Sick Sound Session.* Als ich zwölf wurde, haben meine Eltern mir das beste Geburtstagsgeschenk überhaupt gemacht: einen Boss BR-80. Einen Roland Field Recorder. Acht Aufnahmespuren, zwei Mikrokapseln, Stimmgerät, Rhythmus-Patterns, separater Midi-Drum-Computer. Simulation von Bass und akustischer Gitarre – kein Problem! Das Metronom lieferte alle erdenklichen krummen Takte.«

Jule starrte mich mit offenem Mund an. »Daran erinnerst du dich?«

»Klingt nerdig? Was Sounds angeht, war ich der Nerd schlechthin. Schon immer. Von Anfang an. Ich hab mir schon beim Brüllen zugehört, als ich noch ein Säugling war.«

Sie tippte sich bloß gegen die Stirn und ging zu einem Aussichtspunkt am Ufer der Elbe. Hier sah man hinüber zu den Landungsbrücken und hatte die Lichter der Hamburger Innenstadt vor sich. Gelegentlich zog ein müdes Boot vorbei.

Ich ging hinter ihr her und war noch lange nicht fertig, ich redete wie aufgedreht auf sie ein: »Kennst du das Geräusch einer mechanischen Schreibmaschine? Ich bin extra zu meiner Tante gefahren, um diesen Sound aufzunehmen. *Klackerdakla-*

ckerdaklackerdaklackerda – Bing! Oder das Pfeifen des Wasserkessels? Es gibt nichts Besseres als diese Klänge, die vom Aussterben bedroht sind. Ein alter Trecker, der auf dem Hof vor sich hin tuckert. Oder diese alten Wecker, die noch richtig ticken – und richtig schrillen. Oder das Knarzen von Eisbergen, die über den Meeresboden schleifen.«

Jule schaute mich zweifelnd an. »Hast du das aufgenommen?«

»Nein, hab ich nicht, aber mal im Internet gefunden. Aufgenommen habe ich mein Zähneputzen, und, als wir am Frühstückstisch saßen, meine Eltern und ich, habe ich es in der Ecke abgespielt. Meine Mutter hat echt Geister gesehen. Ich hab auch das endlose Bellen des Pekinesen aus der Wohnung über uns aufgenommen und in der Klasse laufen lassen, als wir eine Klausur schreiben sollten.«

»Du bist echt komisch«, sagte Jule.

Wir standen eine Weile nur da und schauten auf die Elbe. *Du bist echt komisch*, das war auch so ein Satz, mit dem man einen Track auslaufen lassen konnte. *Du bewegst dich komisch. Du bist echt komisch.* Aber wenn Jule es sagte, klang es nicht unfreundlich.

»Es ist schön, dass es dich gibt«, sagte ich schließlich.

Sie nickte nur mit ihrem blonden Kopf und sah weiter hinaus auf das Wasser, auf dem sich die Lichter der Stadt spiegelten. Es war eine dieser warmen Augustnächte, in denen man sich wie aus der Welt gefallen fühlt.

»Du hast Angst«, sagte sie.

»Ich habe Angst? Spinnst du?«

»Du hast Angst vor Berlin.«

»Gar nicht wahr.«

Jule gab nicht nach. »Wovor genau hast du denn Angst? Vor den Dealern im Görlitzer Park? Vor den Partyleuten auf der Oberbaumbrücke? Vor den Hipstern in der Weserstraße?«

»Du kennst dich ja richtig aus in Berlin«, sagte ich. »Wie oft warst du denn da?«

Jule leckte sich nachdenklich eine Fingerspitze ab, eine nach der anderen. »Zweimal. Dreimal. Mit der Schule, auf einem Wandertag. Und einmal mit meinen Eltern. Und dann noch mit Karl.«

Aha, dachte ich, mit Karl. Hallo, Karl.

Jule legte ihre Fingerkuppen auf meine Wangen, es fühlte sich an wie ein schüchterner fünffacher Kuss.

»Also, wovor hast du Angst?«

»Vor der U-Bahn«, sagte ich. Plötzlich war die Erinnerung daran wieder da. Die fiesgelben Berliner U-Bahn-Wagen. Der Luftzug, bevor sie aus dem Tunnel kommt.

Und ich sagte: »Ich habe Angst davor, wenn die U-Bahn nicht mehr fährt. Wenn die U-Bahn-Station geschlossen ist und niemand mehr da ist. Nur du, ganz allein. Du stehst auf dem kalt schimmernden Gleisbett und fragst dich, welches die Stromschiene ist. Und du weißt: Wenn du sie berührst, bist du tot. Und du weißt auch: Du kannst nicht hierbleiben, du musst in den Tunnel hinein, und du hast keine Ahnung, was dich dort erwartet.«

»Ratten«, sagte Jule. »Ich wette, Berlin ist voller Ratten.

Die Rattenhauptstadt. Und ihr natürliches Habitat sind die U-Bahn-Tunnel.«

»Die Ratten sind nicht gefährlich«, sagte ich. »Sie rennen vor dir weg. Sie sind selbst total panisch vor Angst.«

»Okay«, sagte Jule. »Du stehst im U-Bahn-Tunnel. Es ist dunkel. Du bist allein. Was tust du?«

»Ich lausche«, sagte ich. »Ich horche. Irgendwo im Inneren der Tunnel hallen Bässe. Schnelle Beats. Ich stehe da und bin wie gebannt, ich muss dorthin, die Bässe dringen durch die Schottersteine, Bohlen und Gleise zu mir herauf, sie schlüpfen unter meine Haut und nehmen Besitz von mir.«

»Creepy«, sagte Jule. »Erzähl weiter.«

»Mir fällt nichts weiter ein. Ich stehe nur im Tunnel herum und habe Angst. Es riecht nach Schweiß und Zigaretten und Mädchenklamotten. Und der Name Moe fällt mir ein, ich glaube, dass ich mit ihr mal zusammen war, ich träume immer wieder von ihr. Und dann ist da noch ein anderer Typ. Ein DJ. Immer, wenn ich an ihn denke, ist es, als würde jemand das Licht ausmachen, bevor er das Zimmer betritt.«

»Egal, was dich erwartet, du musst das Zimmer betreten«, sagte Jule.

»Ich kann nicht.«

»Du musst dir ansehen, was dort ist.«

»Ich will das nicht«, sagte ich heftig.

»Du musst nach Berlin«, sagte sie. »Du kannst dich nicht ewig auf dem Campingplatz verstecken, du kannst dich nicht ewig im Wohnwagen verkriechen.«

»Doch, kann ich«, sagte ich. Aber da wusste ich schon, dass ich gehen würde.

Jule sagte: »Ich fahre mit dir hin. Ich leihe mir das Auto von meiner Mama. Wir können morgen zurück sein. Du sagst deinen Eltern, wo du bist. Dass es dich noch gibt. Du wirst dich bestimmt an ihre Wohnung erinnern, wenn du da bist.«

Ich schaute Jule an, und sie hielt meinem Blick stand.

»Ich komme mit dir«, sagte sie. »Egal, was passiert, ich bin bei dir.«

»Warum?«

»Einfach so. Weil ich dich mag«, sagte sie. »Gibt nicht so viele von deiner Sorte.«

Es wäre jetzt der richtige Zeitpunkt gewesen, sie zu küssen, aber ich verpasste den Moment. Ich stand im Tunnel, konnte keinen Schritt vor- und keinen zurückmachen. Vor mir Jule, hinter mir Moe. Vor mir Hamburg und hinter mir Berlin. Und dieser DJ, vor dem ich Angst hatte.

»Okay«, sagte ich und stand auf. »Lass uns nach Berlin fahren.«

»Jetzt gleich?«

»Ja«, sagte ich. »Dann haben wir es hinter uns.«

Ich wartete vor ihrem Haus, während Jule den Autoschlüssel von ihrer Mutter holte. Keine Ahnung, was sie ihr erzählte.

Eine halbe Stunde später waren wir auf der Autobahn nach Berlin. Mir kam es vor wie ein kleiner Abschied. Ich dachte an die Begegnung mit Werner. Bester Mann! Er war meine Rettung gewesen. Ohne ihn wäre ich an meinem ersten Morgen in Hamburg weiter durch die Stadt gestolpert. Ich dachte an den Fischmarkt und den verwunschenen Campingplatz, die drei Wochen dort traten jetzt schon in den Hintergrund, es war eine Zeit des künstlichen Komas, das nun endgültig vorbei war.

Jule fuhr konzentriert, solide und verlässlich wie jemand, die vor Kurzem erst den Führerschein gemacht hat und alle Anweisungen noch gehorsam beherzigt. Sie schaltete früh von einem Gang in den nächsten, hielt sich peinlich genau an die Geschwindigkeitsbegrenzungen. Wir kamen an Orten vorbei, deren Namen mir unbekannt waren. Über den Äckern und Wäldern wölbte sich ein undurchdringlich schwarzer Himmel.

Einmal hielten wir auf einem Rastplatz, mitten in der Nacht, in der Einöde hinter Kyritz. Jule legte sich auf die Kühlerhaube und starrte in den Himmel, und mir wurde plötzlich schlecht, mein Bauch verkrampfte sich. Es war, als kämen riesige Reptilien unter den Wolken auf uns zugeschossen, lautlos, gewaltige Flugsaurier mit unglaublich großen Flügeln. Ihr Flügelschlag war kein wirkliches Flappen, kaum hörbar, nur ein Schwall feindselig kalter Luft.

7. KAPITEL

Berlin ist kein grandioser Anblick, wenn man nachts um zwei über die Heerstraße in die Stadt kommt. Oben am Theodor-Heuss-Platz sieht man hinunter auf das weit ausgebreitete, von spärlichen Lichtern kaum aufgehellte Häusermeer, durchzogen von mehrspurigen Alleen und Straßen. Mitten in der Nacht sind nur wenige Autos unterwegs, ein paar Taxis auf der Suche nach Fahrgästen. Hin und wieder ein Nachtbus. Sehr selten rauscht eine leere S-Bahn auf einem Bahndamm vorbei. Ein paar Mopeds rasen durch die Nacht und sind an der nächsten Ampel verschwunden. In den Seitenstraßen taucht auch mal ein Radfahrer auf, ohne Licht auf dem Bürgersteig, das Schutzblech klappert, und er telefoniert mit seinem Handy. Die Fenster der meisten Wohnungen sind dunkel und blind, als würde hier längst niemand mehr leben. Der Himmel über dieser Stadt ist unglaublich leer.

Jule fuhr ruhig und entspannt, es war ein Wunder, wie wach sie noch war, während es in mir arbeitete. Ich konzentrierte mich wieder auf die Straßen. In meinem Kopf dröhnte es. Mir war schlecht, als müsste ich mich gleich übergeben. Wer jetzt noch auf der Straße war, hielt sich eng an der Hauswand und blickte mehrmals um sich, ehe er den Weg fortsetzte. Zur Nachttankstelle vielleicht. In eine Spielhalle. Oder zu irgendeiner schlecht bezahlten Nachtarbeit.

Es war die trostlose Oberfläche einer Stadt, die sich ihren Einwohnern gegenüber gleichgültig bis feindselig verhält. So, genau so kannte ich das. Meine Synapsen reagierten. Die passenden Botenstoffe wurden ausgeschüttet und dockten sich an den empfangenden Zellen fest. Die alten Reflexe kehrten zurück. Mein Berlin-Stoffwechsel kam wieder in Gang.

Ich lotste Jule durch den Tiergarten, an der Siegessäule vorbei zum Brandenburger Tor. Mein Kopf schwirrte von all den Eindrücken, Erinnerungen, Entdeckungen, die in mir wiederbelebt wurden. Ein Tornado an Geräuschen, als hätte ich siebenhundert Ohren und auf jedem sitzt ein anderer Kopfhörer mit eigener Musik. Irgendwann drehte sich Jule zu mir und fragte etwas, ich sah nur, wie sich ihre Lippen bewegten, ich konnte sie nicht verstehen in diesem Erinnerungswirbel und drehte meinen Kopf zur Seite. Ich starrte nach draußen, innerlich überschwemmt von Sounds, Bildern, Traumfetzen. Das Geräusch eines Zahnarztbohrers. Bulgurs Gesicht, als er mir die Hand gab. Und Moes Gesicht, ehe sie in der Luke verschwand. Alles kam zurück, es hatte nur in mir geschlummert.

Wir fuhren Unter den Linden entlang, und ich kannte alle Straßen, ich kam mir vor wie ein Taxifahrerkandidat, der sich auf die Prüfung vorbereitet. Alle Hauptverkehrsstraßen, Seitenstraßen, Kreuzungen, Einbahnstraßen, Abkürzungen. Ich wusste alle U-Bahn-Stationen, das gesamte Netz der Nachtbusse. Ich kannte mich in dieser Stadt aus wie einer, der hier aufgewachsen war. Hundert winzige Situationen fielen mir ein, tausend Gesichter, die vorbeiwehten. Passanten, Leute im Bus, in der U-

Bahn, im Kaufhaus, in einem Späti. Ein paar Millionen Klänge und Töne kehrten zurück in mein Gedächtnis. Oder sie erwachten wieder, schwer zu sagen. Ich vibrierte innerlich, als wäre ich an einen riesigen Stromkreislauf angeschlossen, mehr noch, an eine gigantische Festplatte voller Bilder, Sounds, Gerüche, Filme.

Erinnerungsschnipsel: die Stille während einer Klausur, in der ich keine Ahnung von der Materie hatte. Das Pausenklingeln. Die Streberin in Bio sagte: *Semipermeable Membran.* Mein allererster Handyklingelton. Die Titelmusik der Simpsons. Die Grabsteine und Statuen auf einem Kreuzberger Friedhof. Reifenquietschen. Die Stimme meiner Mutter, wenn sie sagte: *Räum dein Zimmer auf! Und zieh die Kapuze runter!* Das war so ewig lange her. Die Stimme eines Mannes in einer verlassenen Fabrik: *Ich weiß, dass du da stehst. Du hast Angst. Du bist allein.* Ich erinnerte mich an das Geräusch des Windes, der nachts durch einen Fichtenwald weht, das Sausen und Rauschen der Abertausend Zweige und Nadeln. Ich sah eine Dünenlandschaft und einen Flugzeughangar, in dem rostige Flugzeugwracks herumstanden, die Scheiben zersplittert. Eine alte Reichsbahnwerkstatt mit ausrangierten Waggons, über mir das Gerippe des Daches.

Und ich hatte jetzt auch Millionen Gerüche in meinem Kopf: warmer Kakao, Käse, alter Fisch. Bananen. Die Haut meiner Mutter. Die Haare meines Vaters. Der Fußball, mit dem wir im Hinterhof gebolzt hatten. Alles kam wieder zurück, ein Strom an Erinnerungen, Daten, ungefiltert, unvergessen, ungeordnet. Mein bescheidenes Berliner Leben, mit ein paar Ausfällen und einigen schadhaften Tracks, aber alles in allem war mein Gedächtnis wieder da.

»Sag mal, hörst du mir überhaupt zu?« Jule klang ungeduldig, als hätte sie mich schon mehrmals was gefragt. »Was ist los mit dir? Schläfst du mit offenen Augen?«

»Fahr einfach immer weiter bis zum Alexanderplatz und dann rechts«, sagte ich.

Sie schaute mich an einer Ampel mit diesem Blick an, den Mädchen draufhaben, wenn sie sich Sorgen machen, das aber nicht so deutlich sagen möchten.

Ich lächelte. Es fiel mir nicht ganz leicht.

»Alles klar?«, fragte sie.

»Alles gut.«

»So siehst du nicht gerade aus«, sagte sie.

»Ich weiß nicht, was mit mir passiert, es fühlt sich an wie ein Reboot. Die Dateien kommen alle wieder, ich meine, die Erinnerungen, mein Gedächtnis, mein ganzes Leben. Ich kenne mich hier aus. Rechts geht's zum Gendarmenmarkt, links zu den Hackeschen Höfen. Doch irgendwas stimmt hier nicht. Irgendwas ist weiterhin dunkel, und ich will nicht dorthin.«

»Lass dir Zeit«, sagte Jule. Typisch Mädchen. »Wir gehen nirgendwohin, wo du nicht hinwillst.«

Sie schüttelte den Kopf und flüsterte kaum hörbar, mehr zu sich selbst: »Reboot, na klar. Die Dateien kommen wieder, super.«

Ich sah den Fernsehturm vor mir und erinnerte mich an hundert Nächte, in denen sich seine Lichter auf dem Wasser der Spree spiegelten. Ich sah Moes Gesicht vor mir. Ihren roten Pullover mit dem Riss im Nacken. Ihre Haare, ihr Lächeln von der Seite. Ich sah die Gesichter von Steven, Chris und Kaya, als wir in die Fleischfabrik einstiegen, angespannt und entschlossen. Flirrende Bilder von Partys, einer Tanzmeute im Trockennebel. Ich sah die Gestalt von Bulgur, vorn auf der Bühne als DJ, und diese Erinnerung kam wie ein heftiger elektrischer Schlag. Lieber nicht daran rühren, dachte ich.

»Jetzt rechts«, sagte ich.

Wir fuhren am *Primark* vorbei, am *Alexa*, dann über die Jannowitzbrücke, und ich dachte nur: Auweia, ich bin zurück in Kreuzberg. In meinem Hirn wurden Systeme aktiviert, von deren Existenz ich nichts geahnt hatte. Ich war alarmiert, knallwach.

»Jetzt in die Köpi.«

Wir kamen am E-Werk vorbei, und ich meinte das unablässige, fordernde Donnern der Bässe zu hören. Ein paar Gestalten liefen gequält auf dem Vorplatz herum, andere saßen auf dem Rinnstein und rauchten, und ich wollte lieber nicht wissen, was sie da rauchten.

Wer die Köpenicker Straße runterfährt, kommt unweigerlich zum Kreuzberger Bermudadreieck am Schlesischen Tor. Hier hatten alle unsere Nächte angefangen. Hier war Chris über die Straße gelaufen, als wir ins Berghain wollten, danach Steven und Kaya und Moe. Wie lange war das her? Zwei Jahre? Das tätowierte Gesicht von Klitschko wanderte durch meine Erinnerung.

Unter den stählernen Streben und Pfeilern der Hochbahn

entdeckte ich die grüne Bude des *Burgermeister*. Vierzig Leute standen an.

»Hast du auch so einen Hunger?«, fragte ich Jule.

»Ich habe immer Hunger nachts um zwei«, sagte sie. »Gib mir ein Fischbrötchen, und ich bin glücklich.«

»Eher Cheeseburger.«

»Cheese is Christ«, sagte sie und kicherte. Dann kam noch, mit einem wissenden Blick, die Nachfrage: »Und, dein Reboot so weit abgeschlossen? Alle Programme wieder am Start?«

»Alles gut«, sagte ich. Für ihren Spott hatte ich jetzt keinen Nerv.

Wir fanden einen Parkplatz in der nächsten Seitenstraße und liefen zum *Burgermeister*. Mir kam es vor, als spielten sie dort immer noch dieselbe Reggaeplaylist runter wie vor drei Wochen, vor acht Monaten, vor zwei Jahren. Wann war ich zuletzt hier gewesen?

Jule war still, sie hielt sich nah neben mir. Ihr Hamburger Style wirkte hier etwas fehl am Platz, die Frauen betrachteten sie mit misstrauischer Neugier. Ihre Tasche war neu, ihre Sneakers waren neu. In Berlin gibt es keine neuen Sneakers, nur ausgetretene, abgelatschte, durchgetanzte, gedemütigte, zermarterte Sneakers.

Wir bestellten uns zwei Cheeseburger, holten uns Cola und Bier und setzten uns auf zwei Bierkästen, während die Jungs am Grill die besten Burger der Stadt brieten.

Als wir mit den Cheeseburgern fertig waren, fragte Jule: »Was jetzt?«

8. KAPITEL

»Wir gehen zu Steven«, sagte ich. Die Antwort kam ganz automatisch, als wäre der Satz seit Jahren eingespeichert. Wenn jemand fragte »Was jetzt?«, dann lautete die Antwort: »Wir gehen zu Steven.« Das war schon immer so.

Steven hatte eine Wohnung, die strategisch günstig lag. Kamen wir vom Feiern zurück, konnten wir hier was frühstücken. Wollten wir vor dem Zug durch die Clubs noch ein Bier trinken, dann war Stevens Wohnung ebenfalls der perfekte Ort. Steven hatte immer einen vollen Kühlschrank. Steven ging auch nie ins Bett. Er studierte Jura und lernte nachts den *Schönfelder* auswendig, ein Buch mit viertausend Seiten Gesetzen. Bürgerliches Gesetzbuch. Zivilprozessordnung. Strafgesetzbuch. Handelsgesetzbuch. Viertausend Seiten, dafür gehen einige Nächte drauf, und man ist froh, wenn man Besuch bekommt.

»Okay«, sagte Jule. »Wir gehen zu Steven.« Sie lernte schnell.

Er wohnte in der Falckensteinstraße kurz vor dem Görlitzer Park. Hier war die Straße ziemlich dunkel. Die Straßenlampen waren zerschlagen oder defekt. Ich zählte die Häuser hinter dem *Konrad Tönz* ab, sie sahen alle gleich aus.

»Es ist die Fünfundzwanzig, glaube ich.«

Außer uns war niemand auf der Straße, die Leute trauten sich nicht mehr in die Nähe des Görlitzer Parks. Dort waren in den letzten Monaten unschöne Dinge vorgefallen.

Die Tür der Hausnummer fünfundzwanzig gab widerwillig nach, als ich gegen sie drückte. Wir tasteten uns in den Hinterhof. Aus den Mülltonnen kam ein übler Gestank. Wir gingen ins Quergebäude und stiegen vier Treppen hoch, auf jedem Stockwerk gab eine uralte Glühbirne einen müden Lichtschein ab. Dennoch fand ich die Tür, ich erkannte sie an der Türmatte mit der Aufschrift *Members Only* wieder.

»Ist das nicht ein bisschen spät für einen Besuch?«, flüsterte Jule, als ich klopfen wollte.

Das fand ich auch, aber ich hoffte, dass Steven es nicht so eng sehen würde. Ich hoffte, dass er überhaupt noch hier wohnte.

Ich klopfte.

Nichts passierte. Ich klopfte noch einmal, etwas lauter.

»Bisschen schwerhörig«, sagte ich zu Jule. »Oder er hat seine Kopfhörer auf und lernt.«

Eine Tür quietschte in der Wohnung, dann wurde die Wohnungstür aufgerissen, Stevens Kopf erschien: schwere Hornbrille, die linke Wange glatt rasiert, auf der rechten lag noch fingerdick Rasierschaum.

»Tach, Lennart«, sagte er. »Kommt rein!« Steven wunderte sich nie. Zeigte es zumindest nicht. Stellte keine voreiligen Fragen, und das würde ihm als Anwalt mal nützlich sein.

»Wir wollten nicht stören«, sagte Jule, doch da war Steven schon im Bad verschwunden, und wir landeten in der Küche.

Auf dem Tisch standen ein riesiger Topf mit Suppe, drei abgegessene Teller davor, eine Weinflasche, der *Schönfelder.* Zwei Frauen saßen nebeneinander an der Wand. Lange Haare, schwarze Rollkragenpullover, karminrote Lippenstiftlippen, dunkle Augenringe.

Wir sagten: »Hi.«

Sie antworteten nicht.

Im Hintergrund lief eine Endlosschleife mit Walgesängen. Jule sah ziemlich müde aus, kein Wunder nach der langen Fahrt. Ich hätte mich selbst gern eine Weile hingelegt. Bei Steven war immer eine Couch frei. Wir lehnten uns gegen die Wand und schlossen für einen Moment die Augen. Die beiden Frauen unterhielten sich flüsternd in einer Sprache, die ich nicht kannte. Tschechisch? Albanisch? Bulgarisch?

Steven kam aus dem Bad, frisch rasiert und munter.

»Käffchen?«, fragte er in die Runde. »Ihr wirkt etwas abgeschlafft. Ich mache uns allen mal einen schönen Espresso. Es ist Sommer. Es ist Sonntagnacht! Wir haben noch was vor!«

Jule zuckte mit den Schultern, als wäre ihr alles recht. Und ich nickte, weil ich höflich sein wollte.

»Wir sind grad aus Hamburg gekommen«, sagte ich, um eine ausführlichere Beschreibung meiner Lebensumstände einzuleiten. Stevens Handy klingelte.

»Chris«, sagte Steven. »Wir sind gleich da, wir trinken nur noch einen Espresso. Ich bringe jemanden mit, du wirst dich freuen. Geh nicht weg. Gehe nicht über Los. Ziehe keine viertausend Euro ein.«

Er legte auf, deutete mit dem Zeigefinger auf mich, als wäre es der Lauf einer Pistole, und markierte den Rückstoß.

»Lennart, Lennart, Lennart.«

Die beiden Frauen unterbrachen ihr Gespräch.

»Du bist Lennart?«

Jetzt nahmen sie auch Jule wahr. »Kommst du von der *Bread & Butter*?«

»Nein«, sagte Jule. »Aus Hamburg.«

Steven hantierte an einer chromglänzenden Kaffeemaschine. Er wendete den Kopf und sah mich schräg von oben an.

»Du musst nichts sagen, doch es würde deine Chancen erheblich erhöhen, wenn du dich vollumfänglich und geständig zu den dir zur Last gelegten Sachverhalten äußerst.«

»Mein Gedächtnis in dieser Sache ist total ausradiert«, sagte ich, und das stimmte. Meine Berliner Erinnerungen waren wieder da, doch ich wusste nichts von dem, was in den Stunden vor dem Aufwachen im Hamburger Hauptbahnhof lag. »Tabula rasa.«

»Das sagen sie alle.«

»Nein, wirklich, ich kann mich nicht erinnern.«

Steven räusperte sich, als er die Tassen füllte. »Hamburg, sagt er. Seit mindestens drei Wochen verschwunden. Lennart Lohmann. Der vermutlich einzige Überlebende eines Soundexperiments, das der Polizei bis heute Rätsel aufgibt.«

»Soundexperiment«, sagte ich. Wtf? »Keine Ahnung! Ehrlich!«

»Das sagen sie alle.«

Eine der beiden Frauen sah mich mit erschrockenen Augen an und sagte mit starkem Akzent: »Du musst sehr mutig sein, dass du hierherkommst.«

»Was war denn los?«, fragte ich. »Kann mir mal jemand was sagen?«

Sie sagte nur: »Du bist in Gefahr, glaube ich.«

Steven lachte. »Lennart ist ein Freak. Er war meistens der Erste, wenn wir durch den Zaun zum alten Flughafen geschlüpft sind. Weißt du noch?«

»Johannisthal«, sagte ich und nickte. Ich wusste es wieder, das riesige Gebiet des stillgelegten Flugplatzes Johannisthal. Dort standen uralte Hangars, die vor sich hin rotteten, die Dächer waren irgendwann eingestürzt. Der Betonboden war im Laufe der Jahre aufgerissen, junge Birken wuchsen dort. Die Zufahrtswege überwuchert mit Moos und Unkraut, kleinen Sträuchern. Irgendwo hinten hatte eine polnische Spedition ihre Lagerhallen und Laderampen, doch die Fahrer kümmerten sich nie darum, was wir dort trieben. Das Gelände war überhaupt völlig unübersichtlich, eine Ansammlung verschiedener Schuppen und Häuschen und Hallen. Besser noch, darunter verlief ein Labyrinth von Kellern und Gängen. Und das interessierte uns. Hier konnten wir uns austoben mit unseren Soundexperimenten.

Und allmählich stieg die Erinnerung wieder hoch, wie die Flut, die steigt. Es gab diese Experimente. Bulgur und ich, wir nannten sie *Sick Sound Sessions*.

»Lennart und mutig?«, sagte Jule neben mir. »Er hatte überhaupt keine Lust, nach Berlin zu fahren, obwohl er ständig davon träumt. Aber er kann sich nicht erinnern, was war.«

Steven trank seinen Kaffee mit einem entschiedenen Schluck

und stellte die Tasse hart auf die Untertasse. »Ist vielleicht auch besser so. Manche Sachen sollte man ruhen lassen. Ich weiß noch, wie ich einmal auf dem Schornstein des alten Zementwerks in Rüdersdorf stand. Weißt du noch, Lennart? Ihr wart unten geblieben. Nur ich bin da hochgeklettert, den ganzen Schornstein hoch. Allein. Hundert Meter hoch. Und dann stand ich da. Hatte einen Fallschirm auf dem Rücken. Base-Jumping. Es ist das großartigste Gefühl überhaupt. Du wirfst dich in die Luft, keinen Boden mehr unter Füßen, du fliegst, die Arme ausgebreitet.«

Steven stand in der Küche, die Arme ausgebreitet, alle Augen waren auf ihn gerichtet. So mochte er das. Wenn Frauen dabei waren, musste er immer angeben.

»Und dann?«, fragte ich. Denn ich erinnerte mich jetzt wieder sehr genau an jene Nacht.

Steven kicherte. »Ich hab es nicht getan. Ich bin wieder runtergeklettert. Mit dem Fallschirm auf dem Rücken. Ich hatte einfach nur Angst. Base-Jumping verzeiht keine Fehler. Und ich hatte keine Lust, die hundert Meter wie ein Klotz runterzufallen und vor euch auf den Beton zu knallen. Manche Sachen sollte man einfach lassen.«

Dann klatschte er in die Hände: »Auf, Kinder! Die Nacht wartet nicht.«

Sein Handy klingelte. Er ging ran. »Bulgur«, sagte er. »Wenn man vom Teufel spricht. Du wirst es nicht glauben, wer hier in meiner Küche sitzt, mein Freund! Ich kann es dir nicht sagen. Nein, ich sage es dir nicht. Bulgur, hör auf, keine Chance.

Nein, nicht Smartie. Ich habe mit dem nichts mehr zu tun, ehrlich, Euer Ehren. Nein, Zimmer auch nicht, wann hast du Zimmer zuletzt gesehen? Was machst du, gehst du noch zum Güterbahnhof? Wir kommen nachher hin, wir gehen erst noch zu Miri. Kennst du nicht. Solltest du kennen. Die würde sich echt freuen, wenn du kommst.«

Ich ging aufs Klo. Ich mochte es nicht, dass Steven mit Bulgur telefonierte, auch wenn ich ihm vertraute, dass er mich schützen würde, wenn es nötig war. Ich sah mein Gesicht im Spiegel, im Licht einer britzelnden Glühbirne, es sah alt aus, wie über zwanzig. Jetzt kamen mir Zweifel, ob es so schlau gewesen war, mit Jule hierherzukommen. Sie wollte helfen, aber sie hatte keine Ahnung, worauf sie sich eingelassen hatte. Ich wusste es ja selbst nicht. Vermutlich hatte Jule gedacht, sie würde mich bloß bei meinen Eltern abliefern. Gegen Finderlohn, versteht sich. Und bei der Gelegenheit wäre vielleicht auch noch eine Tour durch den legendären Berliner Untergrund drin.

Aber die Sache lief jetzt schon aus dem Ruder. Wir würden in dieser Nacht eher nicht bei meinen Eltern vorbeikommen, sondern herumziehen, egal, wie müde wir waren. Da musste Jule jetzt durch. Und ich auch.

Ich ging zurück, im dunklen Flur stand mir eine der beiden Frauen im Weg.

»Hallo«, sagte sie. »Du kennst mich nicht, ich bin Lenka, eine Freundin von Steven. Ich war auf einem deiner Konzerte.«

Sie hatte einen slawischen Akzent, den sie offenbar für sexy hielt, denn sie betonte ihn mehr als nötig.

»Ich gebe keine Konzerte«, sagte ich.

Sie lachte ein tiefes Lachen, als würden wir flirten. »Das macht Bulgur, ich weiß. Doch du machst die Sounds, ist es nicht so?«

Sie hatte recht. Ich war der Mann, der die Sounds beibrachte.

»Ich mag deine Sounds«, sagte sie. »Ich mag deinen Mut, wieder nach Berlin zu kommen, nach dem, was ist vorgefallen.«

»Was ist denn vorgefallen?«

Sie näherte sich mir ein Stück weit. Ihr Rollkragenpullover saß knapp. Sie lachte wieder ihr dunkles Lachen.

»Ist das deine Freundin dadrin?«, fragte sie.

»Weiß nicht.«

Ich sah ihr ins Gesicht. Sie hatte dicke, dunkle Haare, hohe Wangenknochen und große Augen.

»Sie ist hübsch«, sagte Lenka. »Aber vielleicht kann sie dir nicht das geben, was ich dir geben möchte.«

Was geht denn hier ab, dachte ich. Mein Mund war trocken, mein Hirn ziemlich leer. Das Blut hatte sich anderswo gesammelt.

Es war Steven, der mich erlöste. »Können wir jetzt mal los?«, rief er aus der Küche.

»Sorry«, sagte ich. Lenkas Brust berührte weich meinen Oberarm. »Wirklich sorry, echt.«

Sie lächelte etwas säuerlich. Wahrscheinlich ärgerte sie sich, dass jemand sie verschmähte. Dann strich sie mit einer Geste, die gelangweilt wirken sollte, ihre Haare zur Seite.

»Wir sehen uns sicher wieder«, sagte sie.

Als wir durch das Treppenhaus gingen, die beiden Frauen vorneweg, dann Steven, zuletzt Jule und ich, warf Jule mir einen schrägen Blick zu. Ich lächelte ihr schuldbewusst zu.

»Kommst du klar?«, fragte sie.

»Ja«, sagte ich. »Es wird eine lange Nacht.«

9. KAPITEL

Es war keine fröhliche Party, in die wir irgendwo in der Forster Straße, zweiter Hinterhof, vier Treppen hoch, hineingerieten. Die Party war lahm, auch wenn alle so taten, als wären sie super drauf. Aus den Lautsprechern im Wohnzimmer kam schwer verdauliche Musik aus den Achtzigern. David Bowie. Tom Waits. The Fall. Anne Clark. *Through the city nightmares you'd walk with me.* Aus dem nächsten Zimmer die frühen Songs von CocoRosie. Mir fiel schnell auf, dass die Leute vor allem deshalb gekommen waren, um sich gemeinsam zu betrinken, und darauf hatte ich keine Lust.

»Hier werde ich nicht alt«, sagte ich zu Jule.

Sie sagte: »Genau so habe ich mir Berliner Partys vorgestellt. Schwer depressive Leute. Grauenhafte Musik. Schlechtes Bier. Lass uns mal eine Stunde hierbleiben, dann habe ich zu Hause was zu erzählen.«

In einem dritten Raum, der von einer kleinen roten Glühbirne schwach beleuchtet wurde, lagen etwa acht Leute eng umschlungen auf Matratzen herum. Sie bewegten sich kaum. Mich erinnerten sie an eine Kolonie Seehunde auf einer Sandbank in der Nordsee. In der Ecke tanzten zwei Frauen zu einer Toncollage, die sich qualvoll dahinschleppte. Jule stellte sich neben sie und blinzelte mir vergnügt zu. Sie kam erstaunlich schnell in die Bewegungsmuster ihrer Mittänzerinnen hinein. In der neunten Klasse hatte unsere Kunstlehrerin uns einmal mitgenommen zu einer Butoh-Aufführung mit dem Titel *Unter großen Schmerzen wird ein schwarzes Universum geboren*. Ungefähr so bewegten sich die beiden Frauen, und Jule litt mit ihnen.

Jule tanzte, Steven telefonierte, Chris war nicht da, also stellte ich mich in die Küche zu einem von Stevens Fußballfreunden, Alex. Wir bewachten den Bierkasten auf dem Kühlschrank und unterhielten uns über die komplexe Situation auf den Abstiegsplätzen der Bundesliga. Da sagte er plötzlich, und er legte mir dabei geradezu mitfühlend die Hand auf die Schulter: »Mach dich mal lieber vom Acker, Lennart. Wenn Bulgur dich hier irgendwo findet, dann war es das für dich. Und er hat viele Augen und viele Ohren, das weißt du.«

»Du kennst Bulgur?«

Alex nickte und trank sein Bier aus. Ich schaute durch die Küche, während ich auf seine Antwort wartete. Die Leute hier standen über die kläglichen Reste des Büfetts gebeugt, fischten Salzstangen aus einer Hühnerbrühe und schoben Quarkreste hin und her. Ich fragte mich, ob Jule sich beim Tanzen wohlfühlte.

»Klar kenne ich Bulgur«, sagte Alex. »Nicht so gut wie du wahrscheinlich. Ich war ein paarmal auf seinen Partys. Ein interessanter Typ. In Fußballsprache: Er kann ziemlich viel, seine Dribblings sind stark. Aber er reißt das Spiel ständig an sich, will den Freistoß über die Mauer zirkeln und auf der anderen Seite den Ball mit einem Fallrückzieher ins Tor zaubern. Und seine Fouls sind echt mies, er geht wirklich auf die Knöchel. Das musst du selbst am besten wissen.«

»Ich hab nie mit ihm Fußball gespielt«, sagte ich.

»Alter, im übertragenen Sinn, stell dich nicht blöd.« Alex verdrehte die Augen.

»Wer ist eigentlich dieser Bulgur?«, fragte Jule, die plötzlich neben uns stand. Sie hatte gerötete Wangen, ihre Haare waren nass von Schweiß, und sie roch interessant, als sie an mir vorbei zum Bierkasten griff.

»Den wirst du hoffentlich nie kennenlernen«, sagte Alex zu ihr.

Dann haute er mir auf die Schulter und drehte sich weg. Als hätte er etwas vergessen, kam er nach drei Schritten zurück und beugte sich zu mir.

»Er hat viele Augen und Ohren, nur dass du es weißt«, sagte er in mein Ohr.

»Erzähl mir mal von diesem Bulgur«, sagte Jule.

In diesem Moment kam Chris in die Küche, in beiden Händen eine Tüte voller Flaschen. Trotzdem breitete er die Arme aus, als er mich sah. Wir umarmten uns, und für eine Sekunde hatte ich das Gefühl, alles wäre wieder gut.

»Lennart«, sagte er, und ein Anflug von kindlicher Freude machte sein Gesicht breit und glänzend. Chris, der King of Swing. Der Mann, der meistens gute Laune hatte. In den letzten Jahren hatte es mir oft gereicht, ein paar Schritte neben Chris zu gehen, und meine Stimmung wurde garantiert besser. Mit Chris war einem ständig zum Lachen zumute. Wir liefen stundenlang durch die Nacht, kletterten über Zäune und Mauern, verschwanden in Hauseingängen, in verlassenen Kantinen. Wir hatten Spaß zusammen. Chris war immer neugierig, und er hatte immer einen guten Spruch drauf, wenn der Wachschutz uns stellte und wir ins grelle Licht der Taschenlampen der Security-Männer blinzelten und den Geifer der Hunde durch ihre Maulkörbe sickern sahen.

»Was geht? Wo warst du? Wieso rufst du nicht an? Wir dachten alle, du bist tot.«

»Ich hab dich jedenfalls nicht auf meiner Beerdigung gesehen«, sagte ich.

Er lachte kurz, ein hartes und aggressives Lachen, das ich von ihm überhaupt nicht kannte.

»Hättest du mal angerufen oder eine SMS geschickt, dann wäre ich bestimmt gekommen und hätte noch ein paar Freunde mitgebracht. Ich bin sowieso langsam Stammgast auf Beerdigungen.«

Ich grinste unsicher, mir gefiel seine Art nicht. Anscheinend hatten sich, während ich in Hamburg war, die meisten meiner Berliner Freunde ziemlich schnell damit abgefunden, dass ich gestorben war.

Aber wenn hier etwas tot war, dann waren es Chris' Augen. Ich sah ihm zu, wie er einen Whisky sour mixte. Seine Bewegungen waren flüssig und routiniert, doch er wirkte deprimiert und irgendwie angespannt, als brauchte er den ersten Schluck ziemlich dringend.

»Was machst du so?«, fragte ich.

Er schaute mich kurz an. »Sind das die Fragen, mit denen man neuerdings ein Gespräch beginnt? Was machst du so? Wo siehst du dich in drei Jahren?«

Wieder das harte und bittere Lachen. Er nahm den ersten Schluck und schloss kurz die Augen. Gleich danach nahm er noch einen zweiten Schluck. Dann stellte er seinen Whisky betont akkurat auf die Spüle zurück, behielt ihn aber im Auge.

»Abgesehen von Beerdigungen mache ich zurzeit nichts. Oder warte mal, doch – eine ganze Menge. Ich mixe mir alle Stunde einen Drink. Ich sehe mir nachts irgendwelche Serien an, weil ich nicht einschlafen kann. Frag mich nach irgendeiner Serie, ich kenne sie alle, je kaputter, desto lieber. Ich kann dir jede Einstellung aus *Breaking Bad* sagen. Das wäre ein Gespräch, das sich für diese Party eignen würde. Und was mache ich sonst so? Ich laufe durch die Straßen und überlege mir, wer von meinen Freunden als Nächster auf dem Friedhof landet. Und habe ich irgendwelche Pläne? Ich hoffe im Laufe des Jahres mit meiner Trinkkur so weit zu kommen, dass ich diese Stadt verlassen oder mich ebenfalls auf den Friedhof legen kann.«

Die Küche hatte sich geleert. Ich stand allein mit Chris an der Spüle und starrte ihn an, ohne ihn wiederzuerkennen.

»Was ist mit dir los?«, fragte ich.

Chris nahm sein Whiskyglas und zog einen langen Schluck. Diesmal stellte er es mit einem harten Ruck wieder ab.

»Das fragt der Richtige«, sagte er. »Du müsstest doch wissen, was mit mir ist. Wenn es überhaupt jemand begreifen kann, dann du!«

Als er mich jetzt anschaute, glänzten seine Augen. Nicht vor Freude.

»Ich kann mich an kaum etwas erinnern. Ich bin vor ein paar Wochen in Hamburg auf dem Hauptbahnhof aufgewacht. Ohne Gedächtnis, ohne den Hauch einer Ahnung. Ich wusste nicht einmal, wer ich selbst war. Deshalb bin ich zurückgekommen.«

»Dann kannst du dich auch nicht an Kaya erinnern?«, fragte er.

Kaya – die Erinnerung stellte sich ziemlich schnell ein. Ihre blonden Haare. Mondäne Klamotten, jedenfalls für Kreuzberger Verhältnisse. Klavierstunden und rabiate Partyzeiten. Sie war in dem Schuljahr mit Chris zusammengekommen, als ich mich in Moe verliebt hatte. Kaya und Chris, das war ein Paar, für das man sich auf dem Heinrichplatz umschaute.

»Seid ihr noch zusammen?«

Chris zuckte betont gelassen die Schultern. »Ich besuche sie gelegentlich. Ist ja nicht weit.«

»Ich dachte, sie wollte in Wien Musik studieren.«

»Das hat sich nicht ergeben.« Chris stand vor mir, doch er sah mich nicht an. Er drehte sein Whiskyglas in den Händen, obwohl es leer war. Ich merkte nur, dass er unterschwellig total aggressiv war, als müsste er alle Kräfte aufbieten, um mir sein Whiskyglas nicht ins Gesicht zu schlagen. Aber ich hatte keine Ahnung, worum es hier eigentlich ging. Er hatte sich völlig verändert.

»Was ist mit Moe?«, fragte ich.

»Moe geht's gut«, sagte er. »Den Umständen entsprechend.«

»Und du bist nicht mehr mit Kaya zusammen?«

»Nein«, sagte Chris.

»Schade.«

»Ja.«

Er sah mich noch immer nicht an, sondern drehte sich zur Spüle und begann, sich einen zweiten Whisky sour zu mixen. Sein Rücken war gebeugt wie der eines älteren Mannes. Die Stille in der Küche war jetzt unangenehm belastend.

Ich sah Jule im Türrahmen stehen. Sie winkte mir zu. »Braucht ihr noch lange?«

Steven stand hinter ihr. »Wir gehen noch zum Bunker Rave im Güterbahnhof. Wollt ihr mit?«

Ich war todmüde, aber ich war froh, dass ich aus dem beklemmenden Gespräch mit Chris herauskam.

Ich fragte ihn: »Was ist mit dir, kommst du mit?«

»Ich gehe nirgends mehr hin«, sagte er.

10. KAPITEL

Wir fuhren mit einem Nachtbus hoch nach Moabit, auf der Fahrt sagte niemand ein Wort. Ich war noch geschockt von Chris. Wie konnte man sich in so kurzer Zeit so verändern! Ich hatte Steven danach gefragt, doch der zuckte bloß mit den Schultern und schaute durch die Scheiben hinaus auf die Straßen und spielte mit seinem Handy. Jule sagte ebenfalls nichts, sie saß ein paar Plätze weiter und blickte nur hin und wieder in meine Richtung, als wollte sie wissen, ob das hier wirklich so eine tolle Idee war. Lenka und ihre Freundin schwiegen, Lenka war immer noch beleidigt, weil ich sie in Stevens Flur hatte stehen lassen. Die Stimmung war nicht gut, ich wollte umkehren, aber wohin? Der Bus fuhr seine Haltestellen ab, ein paar Leute stiegen ein und setzten sich weit von unserer Gruppe entfernt. Moabit ist nicht so der Hipsterkiez.

Irgendwann gab Steven ein Zeichen, und wir stiegen aus. Ich kannte die Gegend am Westhafen nicht, wir waren früher nie hier vorbeigekommen. Der Vorplatz des verlassenen Güterbahnhofs war gespenstisch leer. Ich hatte rostige Wracks von Lokomotiven erwartet, ausrangierte Waggons, alte Schienen oder Schotterberge. Doch es war nichts zu sehen als eine weite Betonfläche. Im Hintergrund hörte man das auf- und abschwellende Geräusch der Autos auf der Stadtautobahn. Weit entfernt. Sehr weit entfernt. Nicht mehr zu unserer Welt gehörig.

Lenka und ihre Freundin trödelten hinter uns und stritten sich auf Tschechisch, vermutlich über die Frage, ob es sich lohnte, mitzukommen. Jule hatte meine Hand genommen, was sie noch nie getan hatte. Steven rauchte hastig eine Zigarette.

»Ich bin auch noch nicht hier gewesen«, sagte er, und es klang wie eine Bitte um Entschuldigung für das, was jetzt kommen würde. Wir zwängten uns durch ein Absperrgitter, das aus der Halterung gehoben war und einen Spalt offen ließ.

Das Gebäude des Güterbahnhofs wirkte unheimlich groß. Ein Teil des Daches war eingestürzt. Die Gleise waren herausgerissen, teilweise auch zugewuchert mit Unkraut und jungen Birken. Unterhalb einer Laderampe stand eine Reihe von Lavalampen. Sie gaben ein träge wechselndes Licht. Hier führte eine Treppe hinunter.

»Ich weiß nicht, ob ich hier reinwill«, sagte Lenkas Freundin hinter mir. Ihre Stimme war hell, sie lachte nervös. Natürlich war es jetzt zu spät. Niemand wollte umkehren. Nein, wahrscheinlich wollten alle umkehren, doch keiner traute es sich zu sagen.

Wir gingen die Stufen hinunter. Vor der Tür hockte eine Gestalt auf einem Barhocker, ein dürrer Typ mit Baseballkappe und spitzem Gesicht. Er nickte beständig vor sich hin, was perfekt zu dem zappeligen Ditschen eines Hi-Hats und den tickernden Beats passte, die durch die Türritzen drangen. Er sah uns an und sein Gesicht verzog sich zu einer sprunghaften Grimasse, die wohl ein Lächeln darstellen sollte.

»Bunker Rave Bunker Rave Bunker Rave Bunker Rave«,

sagte er, und sein kleiner Kopf nickte die ganze Zeit dazu, als müsste er das noch bestätigen.

»Genau«, sagte ich.

Er hielt mir eine Faust hin und öffnete sie. Auf der flachen Hand lagen zwei Pillen, orange und schwefelgelb.

»Vielen Dank«, sagte ich. »Heute nicht.«

Er grinste nur, führte die Hand zu seinem Mund und leckte die beiden Pillen auf. Ich hörte sie zwischen den Zähnen krachen und sah seinen Kiefer mahlen.

»Bunker Rave Bunker Rave Bunker Rave«, sagte er und schluckte genüsslich. Nahm einen Schluck Brause hinterher. Sein Kopf wippte auf und nieder. Ich nickte verständnisvoll, als wären mir solche Phasen nicht ganz unbekannt, in denen der eigene Wortschatz nur noch aus zwei Wörtern bestand, die man dann eben manisch wiederholt. »Bunker Rave Bunker Rave Bunker Rave.«

Dann schlug er mit der Faust gegen die Eisentür.

Sie öffnete sich.

Wir tasteten uns eine lange steile Treppe hinunter, dem Sound eines Düsenjägers entgegen, der eben startete. Als er abhob, zersprang der Sound in zwanzigtausend einzelne Klangsplitter.

Wir kamen unten an. Es war stockdunkel. Ich verlor Jule sofort aus den Augen. Eben noch hatte ich ihre Hand gehalten, die Wärme ihrer Finger war noch in meiner Handfläche. Doch dann war sie plötzlich weg, und es war mir in dem Moment fast egal.

Mit einem Schlag war ich zurück in meinem früheren Leben. Jemand stieß mich auf die Tanzfläche. Doch was heißt schon Tanzfläche, wenn der Raum aus purem Beton besteht – Boden, Decke, Pfeiler, Wände, von denen der Schall zurückgeworfen wird. Ich fing sofort an zu tanzen, mein Kopf nickte so willenlos und einverstanden wie der des dürren Typen vor der Tür, meine Füße shuffelten über den Boden, rein raus, ran ran, rein raus, ran ran. Der Mann am Eingang hatte einfach völlig recht gehabt: Bunker Rave Bunker Rave Bunker Rave. Mehr gab es hierzu nicht zu sagen. Ich tanzte. Mir wurde warm, ich tauchte ein in die Hitze der großen Welle eines Gitarrensolos, das kein Ende zu nehmen schien. *Dance. Move. Start swing slowly, up, down, step, side, step, back, step, step-side, step-back, front, up, down, step, side, step, back, step, step-side, step-back, front, up, down, step, side, step, back, step, step-side, step-back, front.* Egal. Bunker Rave.

Irgendwann reichte mir Jule eine Wasserflasche, jetzt ließ ich sie nicht mehr los, wir tanzten zusammen in einer Woge von bewegten Körpern, fliegenden Haaren, hochgereckten Armen, alles war durchströmt von diesem prall pulsierenden Sound, diesem schwingenden Geflecht aus Beats und Bässen und Ticks und winzigen Loops, das längst unser Nervensystem regierte, meines und Jules und irgendwo auch Stevens und das der zweihundert oder vierhundert anderen Leute hier, die ich nicht kannte oder zumindest hoffte nicht zu kennen.

Eine Stunde später ging ich raus, und dann sah ich sie. Das Mädchen, dessen Fotos ich seit Wochen mit mir herumgetragen hatte. Die vier schmalen, schwarz-weißen Automatenbildchen mit den Augen, die vor guter Laune blitzten. Die Frau mit der Haarsträhne. Die in meinen Träumen nach mir gerufen hatte. Ich erkannte sie sofort.

Aber sie hatte sich total verändert. Ich hätte nie gedacht, dass ein paar Wochen einen Menschen so ruinieren können.

»Hallo, Moe«, sagte ich.

Sie blieb stehen und lehnte sich gegen die Wand. Ihr Blick war verschleiert, als wenn sie träumte.

»Hey«, sagte sie. Es sollte nett klingen, lebenslustig, es sollte nach Partygirl klingen, das grad den Spaß seines Lebens hatte. Aber tatsächlich hörte es sich erschöpft und hilflos an. Als sei sie mitten in einer schwarzen Nacht unterwegs und wisse nicht, ob der Wanderer, dem sie begegnete, ihre Rettung sein würde oder ihr Untergang.

»Was hast du gemacht?«, fragte ich.

»War tanzen.« Sie kicherte nervös und sah zur Seite, ob jemand sie aus dieser unangenehmen Lage erlösen konnte.

»Was ist passiert, Moe? Ich kann mich an nichts erinnern. Nur an dich. Ich träume von dir.« Ich rief ihr die Worte ins Ohr, sie wendete sich von mir ab und nickte immerzu. Ich fasste sie am Arm und beugte mich nah zu ihrem Gesicht: »Kennst du mich nicht mehr?«

»Doch, natürlich.« Sie sah auf den Boden. Dann hob sie den Kopf und schaute mich direkt an, und diesmal wirkten ihre Augen klar und frisch wie früher. Sie sah mich lange an. Ihre Augen tasteten mein Gesicht sorgfältig ab. »Lennart. Du bist also wieder da.« Ihre Stimme war immer noch so spröde, wie ich sie in meinen Träumen gehört hatte. »Wo warst du so lange?«

Jemand drängelte sich an uns vorbei, er drückte mich gegen Moe, und für einen winzigen Moment spürte ich die Hitze ihres Körpers.

»Entschuldige bitte«, sagte ich.

Sie schaute mich an, als versuchte sie sich an etwas zu erinnern, das sie mit aller Kraft verdrängt hatte. Dann legte sie mir die Arme um den Hals.

Ihre Wange berührte meine, als sie in mein Ohr flüsterte: »Ich wünschte so sehr, das alles wäre nicht passiert.«

»Was ist passiert, Moe? Ich kann mich nicht erinnern. Ich habe nur noch Fetzen im Kopf, ein paar Bilder, Stimmen. Ich bin in Hamburg auf dem Bahnhof aufgewacht und wusste nichts mehr. Was ist mit uns passiert?«

Sie schüttelte ihren Kopf und machte sich klein. Ich zog sie an mich, meine Hände fest auf ihrem Rücken, ihr Bauch drängte sich gegen meinen, ich spürte die Wärme ihrer Haut, die durch die Kleidung drang, und mein Körper erinnerte sich an all die Nächte, die Moe und ich zusammen verbracht hatten, und wollte so heftig zu ihr hin, dass ich Mühe hatte, ihn zurückzuhalten, und so standen wir eine ganze Zeit lang, bis ein Junge die Treppe hinuntertaumelte und gegen uns fiel.

»Sagt mal, wisst ihr vielleicht, wo hier was geht?«, fragte er mit extra gleichgültiger Miene.

»Was brauchst du?«, fragte Moe. Sie kramte in einer kleinen Gürteltasche. Ihr Tonfall war von einem Moment auf den anderen total geschäftsmäßig geworden, als würde sie alle Viertelstunde einen kleinen Deal durchziehen.

»Ich wollte euch nicht stören, sorry«, sagte der Junge zu mir und verfolgte Moes Finger mit gierigen Blicken.

Sie zeigte ihm drei Pillen, und er antwortete mit einem Stakkatonicken, als wollte er nie wieder damit aufhören.

»Das werde ich dir nie vergessen«, sagte er und reichte ihr einen zerknüllte Geldschein. »Du hast mir soeben das Leben gerettet.«

»Das habe ich früher auch immer gedacht«, sagte sie.

Dann drehte sie sich weg, ohne mich noch einmal anzusehen, und verschwand im Abgrund der hämmernden Beats. Ich war einfach nicht mehr existent für sie. Wieso war sie so schnell verschwunden? Wir mussten uns dringend unterhalten.

Hinter ihr drängelten sich zwei kichernde Frauen durch, und ehe ich Moe folgen konnte, war sie nicht mehr zu sehen. Vielleicht war das auch besser für mich. Ich war erschrocken, wie stark ich auf sie reagierte. Das hätte ich mir gern mal von der Streberin in Bio erklären lassen, wie der hormonelle Haushalt so auf eine Person fixiert sein kann.

Wenn ich an Jule dachte, war es mir peinlich, obwohl ich nichts mit Jule hatte, jedenfalls war nichts ausgesprochen, wir hatten uns kaum einmal angefasst, geschweige denn geküsst. Doch, ja, auf den Landungsbrücken ein bisschen, aber das war ewig lange her, und ich war nicht sicher, wie viel das galt. Auf jeden Fall musste ich sie suchen, schließlich war sie fremd in Berlin.

Es war aussichtslos. Wie soll man ein Mädchen in einer Tanzmeute entdecken, *nz nz nz nz nz nz nz nz nz nz nz nz nz nz nz nz nz nz nz nz nz nz nz nz,* ein eher kleines und blondes Mädchen inmitten von vierhundert oder fünfhundert weitgehend durchgeknallten Tänzern, die eigentlich permanent am Rande der Ekstase durch einen Keller wogen, und du bekommst eh nur von Strobolicht ausgefräste Standbilder auf deine Netzhaut, ein erstarrtes Lächeln, zwei Finger in einem Hipstervollbart, eine hochgereckte Hand, eine Mütze, ein Top mit Spaghettiträgern, die Schultern glänzend vor Schweiß, eben noch ganz nah vor dir, im nächsten Bild schon meterweit entfernt. Ich fand Jule nicht und gab es schließlich auf.

Viel weiß ich nicht mehr von jener Nacht. Irgendwann sah ich Steven, der einen Engländer über den Vorplatz führte und beruhigend auf ihn einredete. Der Engländer hatte Schwierigkeiten, auf den Beinen zu bleiben. Alle vier Schritte blieb er stehen, beugte sich vor, und ein Schwall halb verdautes Bier schäumte aus seinem Mund. Steven klopfte ihm dabei den Rücken und hielt ihn fest, damit er beim Kotzen nicht umkippte.

»Man muss auch mal loslassen«, sagte er zu ihm. »Let go, let go.«

Der Engländer bedankte sich sehr höflich für Stevens Beistand. Er hätte großes Glück, sagte er, einen so wunderbaren

Menschen wie Steven an diesem Abend zu treffen. Überhaupt wäre Berlin eine Stadt voller großartiger Menschen, wirklich großartig. Auch die Gebäude gefielen ihm sehr, so zum Beispiel das Brandenburger Tor. Daraufhin stützte er sich wieder auf die Knie und entließ einen weiteren Schwall Bier aus seinem Mund.

»Du machst das sehr gut«, sagte Steven.

»Danke, du bist wirklich freundlich«, sagte der Engländer.

Ich suchte Jule.

Ich suchte Moe.

Ich suchte nach mir selbst.

Das Tanzen im Bunker hatte mich auf eine Fährte gesetzt, die in ein finsteres Tunnelsystem führte, vor dem ich Angst hatte. Denn es war der Weg zurück in meine Vergangenheit. Und er führte mich direkt zu dem Mann, von dem alle nur mit einem Flüstern sprachen, weil sie ihn für gefährlich hielten. Ich war vor einem halbem Jahr mit ihm befreundet gewesen. Mit Bulgur, der in unseren Nächten als DJ Evil auftrat.

11. KAPITEL

Ich war auf das Dach eines Schuppens neben dem Güterbahnhof geklettert und streckte mich auf der Teerpappe aus. Die Sonne kam heraus. Die Nacht war lang gewesen, ich hatte irgendwann auf der Fahrt hierher mal eine Stunde geschlafen, doch seitdem nicht mehr. Es war nicht die Zeit dafür. Es gab so viel zu tun. Unter mir waberte immer noch der Soundteppich *nz nz nz nz nz nz nz nz nz nz nz nz nz nz nz nz nz nz nz nz nz nz nz nz nz.* Ich schloss die Augen und erinnerte mich an Bulgur. Ich betrat meinen inneren Gedächtnispalast und öffnete eine hohe schwarze Tür, hinter der er auf mich wartete.

Bulgur war ein paar Jahre älter als wir, Anfang zwanzig. Er kannte sich aus in den verlassenen Gebäuden der Stadt, mehr noch in ihren Kellern, in ihren unterirdischen Gewölben, in ihren Katakomben. Er war ein wirklicher Untergrundstar. Das Tunnelsystem der U-Bahn, das war sein Reich. Er war der heimliche Herrscher über die Grüfte, Labyrinthe und Abgründe Berlins. An jedem Wochenende zog er mit dem Tross seiner Getreuen hinaus in das verzweigte System der U-Bahn-Tunnel. Er fand stillgelegte Bahnhöfe, von denen selbst die Berliner Verkehrsbetriebe nicht mehr wussten, dass es sie noch gab. Bulgur wusste es. Er hatte einen siebten Sinn für zugemauerte Bunker, für unterirdische Lagerhallen und tote Gleise.

Bulgur war es, der den Geisterbahnhof unter dem Innsbrucker Platz in Besitz nahm und zu einer Kathedrale des nächtlichen Techno machte. Wer sonst? Von diesem Bahnhof mussten die Verkehrsbetriebe zumindest noch eine Ahnung haben, denn sie hatten ihn in dem Jahr, bevor die Mauer fiel, fertiggestellt, 1988. Danach hatten sie ihn anscheinend vergessen. Es gab eingerostete Vorhängeschlösser und Eisentüren neben dem Supermarkt im Keller. Niemand wusste, wohin diese Türen führten. Niemand wollte es wissen. Die Männer vom Wachschutz liefen achselzuckend daran vorbei. Sie kümmerten sich nur um die Tunnel der Linie 4. Sie dachten nicht im Traum daran, dass hinter diesen Türen mit den rostigen Schlössern ein riesiger Bahnhof mit hohen Gewölben aus hochwertigem Spannbeton verborgen sein könnte. Sie liefen auf ihren nächtlichen Touren einfach daran vorbei.

Bulgur probierte diese Türen aus. Wie man rostige Schlösser wieder geschmeidig bekommt und dann behutsam öffnet, das wusste er. Er testete die Notausgänge in die andere Richtung – wohin führten sie? Unter dem Innsbrucker Platz führten sie in ein düsteres Reich, das nur auf seine Jünger wartete. Bulgur wurde der Hohepriester dieser Kathedrale und waltete an jedem Wochenende seines Amtes. Er war DJ Evil. Seine Musik hatte den Instantsuchtfaktor. Vor allem, weil die Bässe und die wimmernden Loops hundertfach von den nackten Betonwänden abprallten und zurückflirrten auf uns, die wir in unübersichtlicher ekstatischer Meute unseren Tanztumult zelebrierten.

Wir waren der Musik ergeben, die Bulgur uns gab.

Wir verehrten ihn dafür, doch nur die wenigsten liebten ihn. Die anderen fürchteten ihn, auch wenn sie es nicht zugeben konnten, und obwohl sie ihn fürchteten, kamen sie an jedem Wochenende wieder in die heiligen Halle des verlassenen Bahnhofs unter dem Innsbrucker Platz.

Als ich ihn kennenlernte, war ich überrascht, wie persönlich und herzlich er war. Ein bescheidener Mensch, der sich lieber im Hintergrund hielt. Die Stiefel mit hohen Absätzen ließen ihn eher noch kleiner erscheinen. Er trug gern schwarze Hemden mit schmalem Kragen. Der oberste Knopf war immer geschlossen. Darüber ein eng taillierter Mantel, ebenfalls schwarz, was seinem Auftritt ein priesterliches Aussehen gab. Er nahm sich nicht wichtig. Im Gegenteil, er konnte einem das unmittelbare Gefühl geben, dass er sein Leben lang auf jemanden wie dich gewartet hatte. »Ich bin total froh, dass du hier bist, Lennart«, sagte er an jenem Abend zu mir. »Du bringst eine gute Aura mit, lass uns mal was zusammen machen.«

Ich war so stolz und glücklich, als er mir das sagte. Er nahm seine Sonnenbrille ab und sah mich mit freundlichen, aber sehr müden Augen an. »Die anderen«, sagte er, und er hatte eine dunkel tönende Stimme mit einer leichten Rauheit, »die anderen sind nett, ich mag sie. Doch bei dir ist das mehr. Aber hey! Ich will dich nicht aufhalten, ich wollte es nur mal kurz aussprechen. Alles klar?« Und er gab mir die Hand. DJ Evil gab mir, Lennart Lohmann, die Hand.

Bulgur sah mich nun jede Nacht, ich gehörte mit zu seinem *Staat*, wie er es gern nannte, natürlich mit einem ironischen

Unterton. Er kam nie auf unser Gespräch zurück, redete eigentlich kaum noch mit mir. Nur ab und zu ein Lächeln, ein Augenzwinkern: »Hey! Schön, dass du da bist.« Das genügte mir.

Wir stiegen mit ihm hinab in die tiefsten Gewölbe der Stadt. Bulgur suchte ständig nach neuen, unbekannten Räumen, in denen er seine Technomessen zelebrieren konnte. Er spielte den schwärzesten Techno der Stadt. Düster wie der apokalyptische Himmel über Detroit. Kalt und schmerzhaft wie eine Operation am offenen Herzen. Eine Musik, die deinen Körper in einen hypnotischen Rausch versetzte, als hättest du doch ein bisschen zu viel vom Ketamin genommen, das dir jemand auf der Toilette gab. Man nahm es, obwohl man wusste: *Finger weg. Hände weg. Kopf weg.* Man nahm es trotzdem. Und dann waren die Beine weg, die Arme weg, irgendwo im Trockennebel, im Flackern der Strobolichter, die sich durch die Schwärze des Raumes frästen. Das war Bulgurs Musik. Sie hob dich in alle Himmel der Nacht. Und sie warf dich mit voller Wucht auf die Schienen und ließ einen Güterzug mit zweihundert Stundenkilometern über dich hinwegdonnern. Und du liegst da und liebst es. Ich jedenfalls liebte es. Moe liebte es. Wir alle tanzten beseelt, versklavt, erniedrigt und verklärt.

Nach einem halben Jahr begann Bulgur sich zu verändern. Er war schon immer ruhelos gewesen, zwei Nächte wach, drei Nächte wach, das gehörte bei ihm dazu. Jetzt aber wirkte er zunehmend nervös, angespannt.

Ich war damals manchmal in seiner Wohnung und bekam

es mit, auf was für eigenartige Weise er den Frühstückstisch deckte. Bei mir sah das so aus: Messer und Teller, Butter, Brot und Honig. Kaffee. Fertig. Nicht so bei Bulgur. Er deckte den Tisch in fliegender Hast, und trotzdem dauerte es zwei Stunden, bis er sich endlich hinsetzte. Alles musste perfekt stimmen. Gut aussehen. Er ging runter, um Parmaschinken vom italienischen Delikatessengeschäft zu holen, sardischen Hirtenkäse dazu. Er kochte Eier, auf die Sekunde genau dreieinhalb Minuten. Er legte eine Blüte auf den Frühstückteller. Rückte die Messer und Gabeln – Gabeln auf dem Frühstückstisch sind mir seitdem ein Horror – minutenlang zurecht. So sah das aus bei ihm. Zwei Stunden lang, bis er sich endlich hinsetzte.

Und nach zwei Bissen stand er wieder auf, telefonierte, tippte irgendeine Nachricht, war bei Facebook in drei oder vier Chats und gleichzeitig auf obskuren Börsentickern. Er spielte seit ein paar Wochen mit Aktien, setzte auf Schweinehälften auf den internationalen Märkten, auf Pharmakonzerne, Autozulieferer, chinesische Immobilienfonds, und jede Kursschwankung machte ihn zusätzlich nervös. Zwischendurch drehte er sich hastig eine Zigarette oder einen Joint.

Ich las einfach nur die Zeitung, und das schien ihn zu ärgern. Das Knistern der Seiten, wenn ich umblätterte. Ich liebte diesen Sound, der so *old school* war, ich liebte den Geruch der Zeitungen, die riesigen Seiten. Ich hatte keine Lust zu scrollen, ich wollte mit großer Geste umblättern.

»Was machst du?«, fragte Bulgur, und seiner Stimme war anzuhören, dass er kurz vor dem Ausrasten war. Er sortierte sein Smartphone, sein iPad, sein Laptop, rückte die Espressotasse und den Aschenbecher zurecht, dimmte die Lautstärke der gregorianischen Gesänge etwas herunter. Er gab viel auf Kontrolle und Präzision in seinem Leben, doch jetzt wirkte er einfach nur wuschig.

Ich war mit dem Sportteil fertig und wechselte zum Feuilleton. Das intensive Knistern der Zeitung verstärkte die sowieso schon ungute Atmosphäre. Ich war an diesem Nachmittag allein mit Bulgur, normalerweise waren immer drei oder vier andere mit in seiner Wohnung. Er war nicht gern allein.

»Okay, Lennart, es ist echt nicht lustig«, sagte er jetzt.

»'tschuldigung«, sagte ich.

»Was ist los mit dir?«

»Nichts«, sagte ich.

»Hör auf mich zu verarschen. Sag einfach, was ist. Weshalb du hier so herumstresst, statt die Tür von außen zuzumachen.«

»Ich lese einfach nur Zeitung«, sagte ich.

Bulgur klappte sein Laptop zu und schob es mit solcher Wut von sich weg, dass es über die Kante des Tisches rutschte und mit einem derben Klatschen auf den Steinfliesen aufschlug.

»Verschwinde«, sagte er. »Verschwinde jetzt sofort, oder ich bring dich um.«

12. KAPITEL

Jules Haarspitzen weckten mich aus dem Halbschlaf. Sie hatte sich über mich gebeugt, als ich die Augen aufschlug, einen Moment zu früh. Sie roch gut. Sie hatte ein Grübchen in der rechten Wange, das ich noch nicht an ihr kannte. Es stand ihr gut. Sie war fröhlich und ausgelassen.

»Alter«, sagte sie. »Es ist elf Uhr morgens, ich habe seit dreißig Stunden nicht mehr geschlafen. Seit einer Ewigkeit quasi. Ich müsste dringend mal meine Mama anrufen. Und was essen. Aber ich kann nicht aufhören zu tanzen. Was ist das für Musik, davon hast du nie erzählt.«

Die Erinnerung an Bulgur verschwamm, kehrte wie ein Echo zurück, er saß dort an seinem Küchentisch und fegte sein Laptop vom Tisch, *oder ich bring dich um*, überlagert von seinem Lächeln, als er mir die Hand gab, *ich bin total froh, dass du hier bist, Lennart, du bringst eine gute Aura mit, lass uns mal was zusammen machen*. Das war Jahre her, zumindest Monate her, jetzt zählte nur noch die Gegenwart, und die war sehr sinnlich und hieß Jule.

»Was das für Musik ist? Melbourne Bounce vielleicht, mit einer Unterströmung von Goa Trance oder Deep Liquid Bass. Hauptsache, du kannst damit was machen.«

Aber Jule ging es nicht so sehr um die Musik. Sie legte sich mit einem beiläufigen Seufzer auf mich, durch die Shirts spürte ich ihre warme Haut. Ihren Ellenbogen stützte sie auf meinen Rippen ab und schaute mich intensiv an. Unsere Gesichter waren sich noch nie so nah gewesen. Ihre Wangen waren rosig von der Anstrengung des stundenlangen Tanzens, und auf den Nasenflügeln hatte sie winzige Sommersprossen. Ich strich mit den Fingerkuppen darüber, den Rücken ihrer Nase entlang, über ihre Lippen. In der Mitte ihrer Oberlippe hatte sie eine hübsche Einbuchtung. Sie schloss die Augen, ihre Zungenspitze tastete nach meinen Fingerkuppen.

Sie bewegte sich langsam auf mir, drückte ihren Bauch fester gegen meinen, unruhig. Wenig später glitt sie von mir herunter und schmiegte sich an meine Seite. Von unten her wummerte immer noch die Musik.

»Vielleicht ist das eher Deep Happy Hardcore«, sagte ich, mehr um irgendetwas zu sagen. Ich war hochgradig erregt und zugleich empört darüber, das geht ja gar nicht, dachte zumindest der Spießer in mir, eben hast du Moe wiedergefunden. »Oder Trap. Oder Chill Groove.«

»So habe ich in Hamburg nie getanzt, so total weggetreten, wie in Trance.«

»Hast du was genommen?«, fragte ich. Auf der Tanzfläche wurden manchmal halbe Pillen weitergereicht an die nächstbesten Leute hinter oder vor einem, sie wanderten von einer verschwitzten Handfläche in die nächste, und wer gerade eine Wasserflasche dabeihatte, spülte das Bruchstück dann mit hinunter, tanzte weiter und wartete ab, was sich daraus ergeben würde. Manchmal kannte man die Form, in der die Pillen gepresst waren, zum Beispiel den Halloweenkürbis oder den Totenkopf oder ein Doughnut, doch das war saisonal unterschiedlich und eigentlich auch egal.

»Ich, was genommen? Never ever. Ich bin ein braves Mädchen vom Lande. Meine Oma kommt aus Finkenwerder, wir machen so was nicht.«

Jules Hände hatten, während sie überzeugend beteuerte, nichts mit Pillen zu tun zu haben, meine Finger gefunden. Wir hielten einander fest, mehr nicht. Über uns der große Sommerhimmel.

Später liefen wir über den Betonplatz zurück, über den wir vor fünf oder sieben Stunden gekommen waren. Irgendwo waren noch Steven und die beiden Frauen, irgendwo war auch Moe. Doch ich schaute nicht zurück, und auch Jule blickte sich nicht um.

»Keine Ahnung, wo mein Auto steht«, sagte Jule auf der Straße. Der Güterbahnhof lag hinter uns, die Nacht war vorbei. Sie schaute mich erwartungsvoll an. Ihre Augen waren winzig vor Müdigkeit.

»Wir sind in Moabit«, sagte ich. »Dein Auto ist in Kreuzberg. Aber du wirst doch jetzt nicht fahren wollen. Du schläfst doch am Steuer ein.«

»Was schlägst du vor? Das hier ist deine Stadt.«

Wir standen an einer Bushaltestelle. Ich war leicht überfordert. Berlin ist riesig. Mir war so gar nicht nach öffentlichem Nahverkehr und Alltag, ich wäre am liebsten irgendwo mit Jule allein gewesen, aber nicht hier, mitten auf der Straße im hintersten Moabit. Die Straße runter machten die Spielsalons und Wettbüros gerade Schichtwechsel. Der Mitarbeiter eines 1-Euro-Shops stellte die Kästen mit den Sonderangeboten nach draußen.

»Wir könnten ein Taxi nehmen«, sagte ich. »Oder hier den 34er bis Kochstraße und dann den 29er.«

»Und dann?«

Ich räusperte mich. »Zu meinen Eltern gehen. Die freuen sich bestimmt, mich wiederzusehen. Und noch viel mehr, dich kennenzulernen.«

»Klingt super«, sagte Jule.

Theoretisch war der Plan wirklich super. Wenn meine Eltern zu Hause waren. Wenn sie nicht längst vor Kummer gestorben waren. Oder mich einfach nur abgrundtief hassten. Ich war seit mindestens drei Wochen nicht mehr dort gewesen.

Ich war auch früher schon gelegentlich woanders untergekommen. Als ich dreizehn war, hatte ich zwei Wochen mit Chris in seiner Wohnung gelebt, als seine Eltern in Urlaub fahren wollten und jemand auf die Katzen aufpassen musste. »Für Chris allein ist das zu stressig«, sagte seine Mutter. »Aber zu zweit schafft ihr das bestimmt ganz prima.« Und der Vater von Chris stand daneben und nickte: »Das wird für euch eine ganz spannende Erfahrung.«

Die Katzen bekamen ordentlich zu essen, sie haben uns immer daran erinnert. Wir selbst haben uns sechs Tage lang von Chips, O-Saft und Schokolade ernährt und sind dann, total ausgehungert, zu meinen Eltern gezogen, mitsamt den Katzen, für die das Zusammenleben mit uns dann auch eine sehr spannende Erfahrung wurde. Alle haben überlebt.

Als ich fünfzehn war, blieb ich an den Wochenenden auch öfter weg. Meine Mutter wirkte immer angespannt, wenn ich irgendwann nach Hause kam, doch sie sagte selten was.

Sie war auch jetzt angespannt, als wir vor der Tür standen. Jule war so müde, dass sie schon im Bus mehrmals eingeschlafen war, und lehnte an meiner Seite.

»Es tut mir leid«, sagte ich. »Ich hätte mich melden müssen, aber es ist so viel dazwischengekommen. Es tut mir echt leid. Ich hoffe, ihr habt euch keine Sorgen gemacht oder so.«

Meine Mutter sagte gar nichts.

Jule hob eine Hand, um zu grüßen. Ihre Stimme klang wie in Slowmo, als sie »Hi, ich bin Jule« sagte.

»Das Mädchen kippt ja gleich um«, sagte meine Mutter.

Ich fand es total schön, ihre Stimme nach so langer Zeit wieder zu hören, ich war richtig gerührt. Aber das sagte ich natürlich nicht. Sie hätte es mir auch nicht geglaubt.

Sie brachte Jule rein. Mein Vater saß am Frühstückstisch.

»Mensch, Lennart«, sagte er. »Auch mal wieder da.« Möglichst beiläufig, als würde ihn überhaupt nichts mehr wundern. Doch dann stand er auf und umarmte mich, und das fand ich wirklich gut. Ich hielt mich für einige Sekunden richtiggehend an ihm fest, weil mir jetzt auch die Kraft ausging.

»Es ist irgendwie alles anders gekommen, als ich gedacht hatte«, sagte ich.

Mein Vater kicherte, es klang ironisch, fast ein bisschen aggressiv. »Ich hab mir in den letzten vier Wochen oft vorgestellt, welche Ausrede du diesmal haben würdest. Auf so einen banalen Spruch bin ich nicht gekommen. Aber den merke ich mir. *Es ist irgendwie alles anders gekommen, als ich gedacht hatte.* Superspruch, passt für alle Lebenslagen. Hätte ich auch dem Beamten sagen können, als ich die Vermisstenanzeige aufgegeben habe: *Es ist irgendwie alles anders gekommen, als ich gedacht hatte.* Egal. Kein Ding. Ich weiß schon, ich soll lieber *chillen*. Mal *runterkommen*.«

Ich nickte, ich seufzte und nickte wieder. Wie der Junge vor dem Güterbahnhofkeller. Nickennickennicken. Bunker Rave Bunker Rave Bunker Rave. Alles blicken, immer nicken. Abnicken, einnicken. Zuhören, was der alte Herr zu sagen hat. Nimm ihn in seinen Nöten ernst, lass ihn sich mal richtig ausweinen. Dann wird das schon wieder.

Meine Mutter kam an den Tisch. »Sie schläft jetzt. Das arme Mädel war total übermüdet.«

»Wo hast du die denn aufgegabelt?«, wollte mein Vater wissen.

»Von hier war die nicht«, sagte meine Mutter. »Die hat am Ende ganz komisch geredet, das war jedenfalls kein Deutsch mehr.«

»Das war Plattdeutsch«, sagte ich und kam mir für den Bruchteil einer Sekunde meinen Eltern überlegen vor.

»Auweia«, sagten meine Eltern.

»Sie kommt aus Hamburg. Sie heißt Jule.«

»Habt ihr euch da kennengelernt?«

Ich nickte.

Lange Geschichte, ich wusste nicht, wo ich am besten anfangen sollte. In Finkenwerder? Am Hauptbahnhof nachts um halb fünf? Auf dem Fischmarkt? Schwierig.

»Was hast du in Hamburg zu suchen?«, fragte mein Vater.

»Hat sich so ergeben«, sagte ich möglichst gelassen.

Sie schwiegen, und es klang vorwurfsvoll.

»Echt jetzt, drei Wochen sind doch nicht die Welt«, sagte ich. »Ich war in Hamburg, ich hatte einen seriösen Job und habe niemandem auf der Tasche gelegen. Klar hätte ich mich mal melden können bei euch, aber ich wusste eine Zeit lang nicht mehr, wo ich herkomme. Ehrlich. Kurzzeitige Amnestie oder so.«

»Ich glaube, es hackt. *Amnestie.*« Mein Vater lachte bitter. Er gab mich jetzt anscheinend endgültig auf.

»Du meinst Amnesie«, sagte meine Mutter und tätschelte nachsichtig meine Hand, als wäre ich vier Jahre alt.

»Wie auch immer. Ich wusste nicht mehr, wer ich bin. Keine Erinnerungen. Nichts.«

»Als ob das nicht dein Normalzustand wäre«, sagte mein Vater und langsam ging er mir auf die Nerven.

Meine Mutter war weiter auf dem Helfertrip. »Aber wieso bist du nicht zum Arzt gegangen? Oder zur Polizei? Die sind doch dafür da, einem zu helfen! Oder du rufst einfach an, wir holen dich dann ab, das weißt du doch.«

»Ich hatte kein Handy«, sagte ich.

»Er hatte kein Handy, klar«, sagte mein Vater. »Sonst hätte

er natürlich angerufen. Ganz sicher. Aus Hamburg. Wenn er gewusst hätte, wer er ist. Mister Superbrain.«

Jetzt bereute ich es doch, nach Hause gekommen zu sein. Im Wohnwagen hatte ich immerhin meine Ruhe gehabt, von den Fröschen mal abgesehen. Aber das sagte ich jetzt lieber nicht.

»Ich geh schlafen«, sagte ich stattdessen und stand auf.

Mein Zimmer war seltsam aufgeräumt. Und in meinem Bett lag Jule. Ich war so müde, dass ich mich einfach nur neben sie legte. Noch ehe mein Kopf das Kopfkissen berührte, war ich eingeschlafen.

13. KAPITEL

Draußen wurde es schon wieder dunkel, als ich aufwachte und mich von Jules Arm umschlungen fand. Sie schlief tief und fest, und es verwirrte mich total, dass ein Mädchen in meinem Bett lag. Genauer, Jule. Eigentlich wunderte ich mich schon, dass ich in meinem Bett lag und nicht wie in den letzten drei Wochen im Trailer auf dem Campingplatz aufwachte. Fast vermisste ich das Quaken der Frösche. Ich hörte meine Mutter in der Küche klappern, und wahrscheinlich tigerte mein Vater schon seit Stunden aufgebracht durch die Wohnung. Er konnte es nicht ertragen, wenn man tagsüber schlief. Mir fiel die Nacht ein, besser gesagt, der Morgen mit Jule auf dem Dach des Güterbahnhofs.

Ich schob ihren Arm vorsichtig zur Seite. Sie blinzelte durch die Augenlider. »Hey.«

Ich musste sie immer ansehen. Ihr Körper bewegte sich unter der Bettdecke, ein Knie stieß gegen mein Becken, Jule streckte sich und setzte sich auf. Ich konnte kaum glauben, was ich jetzt sah.

»Ich könnte noch zehn Stunden weiterschlafen«, sagte sie.

»Du hast meinen Schlafanzug an«, sagte ich.

Sie trug meinen Hertha-BSC-Kinderschlafanzug, den ich zu meinem zwölften Geburtstag von einer Tante geschenkt bekommen hatte, die jahrelang versuchte, mich zum Hertha-Fan zu machen. Ich hatte ihn nie getragen, und jetzt war er mir sowieso zu klein, selbst bei Jule saß das Oberteil sehr knapp. Er sah sehr daneben und sehr sexy aus.

»Deine Mutter hat ihn mir gegeben«, sagte sie.

»Aber das ist mein Schlafanzug.«

»Er ist dir doch eh zu klein.«

»Bitte zieh ihn aus, jetzt sofort.«

Sie ging auf meinen plumpen Versuch nicht ein. »Ich wusste nicht, dass du Hertha-Fan bist.«

»Ich bin kein Hertha-Fan.«

»Wieso hast du dann Hertha-Schlafanzüge, Bettwäsche und Unterwäsche?«

»Ich habe nur diesen einzigen Hertha-Schlafanzug, und ich habe ihn noch nie getragen. Ich bin kein Hertha-Fan. Aber das heißt noch lange nicht, dass du damit herumlaufen kannst.«

Ich griff nach ihr, um ihr das Oberteil auszuziehen, doch Jule war vorbereitet und wich aus. Sie sprang aus dem Bett. Jetzt sah sie aus wie ein kleines Schulmädchen.

»Du siehst süß aus«, sagte ich.

»Nenn mich nicht süß!«

»Du siehst aber süß aus, es gibt dafür dieses eine Wort: süß.«

Jule stand vor mir, die Hände in die Hüften gestemmt, was sie noch niedlicher machte.

Sie wischte sich ihre tollen blonden Haare aus dem Gesicht und sagte: »Nenn mich nicht süß. Ich bin ein starkes, eigenständiges Alphamädchen.«

»Du hast einen Hertha-BSC-Schlafanzug an, so tief würde kein Alphamädchen jemals sinken.«

»Du bist blöd«, sagte sie. »Du bist echt blöd.«

»Überhaupt nicht.«

»Ein blöder Hertha-Fan.«

Sie schaute sich in meinem Zimmer um, das im Halbdunkel der Dämmerung lag. Draußen begann eine weitere Berliner Sommernacht. Ich war froh, dass ich wieder hier war. Ich fühlte mich wieder im Lot. Und ich fand Jule süß.

»Was machen wir jetzt? Ziehen wir noch mal los?«

Jule schüttelte ihre Sachen aus, die meine Mutter auf meinen Schreibtisch gelegt hatte, und zog sich um.

»Ich muss zurückfahren. Meine Mutter macht sich bestimmt schon Sorgen um ihr Auto. Vielleicht auch um ihre Tochter. Und außerdem habe ich dich bei deinen Eltern abgegeben. Mission accomplished.«

Den Hertha-Schlafanzug faltete sie ordentlich zusammen und legte ihn auf meinen Schreibtisch.

Wir fanden meine Eltern wieder am Esstisch, diesmal war es ein verlängertes Abendessen. Sie hatten auf uns gewartet, ließen sich das aber nicht allzu sehr anmerken. Mein Vater bemühte sich um freundliche Konversation, und meine Mutter war total entzückt von Jule. Die wiederum spielte perfekt ihre Rolle als interessierte Berlinbesucherin.

»Eine tolle Stadt! So spannend! Berlin hat wirklich ein besonderes Flair. Leider geht's ja heute schon wieder zurück. Aber Hamburg ist auch ganz schön. Kennen Sie Hamburg ein bisschen?«

Meine Eltern begannen umständlich von einer Einkaufstour

in der Mönckebergstraße zu erzählen, als »Lennart noch klein und niedlich war«, und fielen sich dabei immer wieder ins Wort. »Damals wäre er mir auch schon fast weggelaufen, er ist einfach an der Hand einer fremden Frau mitgegangen«, sagte meine Mutter.

»Sie hatten es wirklich nicht leicht mit ihm«, sagte Jule.

»Man kann sich seine Kinder nicht aussuchen«, sagte meine Mutter, und mein Vater nickte.

»Ich bringe Jule noch zu ihrem Auto am Schlesi«, sagte ich. »Und dann komme ich gleich zurück. Versprochen.«

»Nimm dein Handy mit«, sagte meine Mutter.

Wir gingen über den Görlitzer Park zum Schlesischen Tor. In der großen Mulde saßen Hunderte von Leuten und genossen die Sommernacht. Sie tranken Bier oder ließen einen Joint in ihrer Runde herumgehen, spielten Frisbee oder mit ihren Hunden oder auf einer Gitarre. Dazwischen immer wieder Handyklingeln, die Weckrufe für den Start in die Nacht. »Was machst du noch? Wo bist du?« Ich war wirklich wieder zu Hause. Noch drei Wochen Sommerferien, Anfang September würde die Schule wieder anfangen, mein letztes Jahr. Abitur im Frühjahr. Fünfte Prüfungskomponente. Ich würde eine mündliche Präsentation zu Sound Studies machen, wenn mein Musiklehrer einverstanden wäre. Mit diversen Klangbeispielen aus natürlichen und urbanen Milieus, um die Prüfungskommission zu beeindrucken. Ab jetzt würde ich mein Leben besser auf die Reihe kriegen. Ich war froh, wieder hier zu sein.

»Danke, dass du mit mir nach Berlin gefahren bist«, sagte ich.

Jule ging neben mir. Kleine, feste Schritte. Sie kannte ihren Weg. Ich wollte nicht, dass unsere Wege sich jetzt trennten.

»War schön, dich kennenzulernen«, sagte sie. »Du wirst mir bestimmt fehlen in Hamburg.«

»Du mir auch«, sagte ich. Jetzt hätte ich gern ihre Hand genommen. Aber wir waren kein Paar und würden auch keines werden. Es war aussichtslos. Außerdem hatte Jule ihre Hände tief in den Manteltaschen.

Wir gingen die Falckensteinstraße hoch, an Stevens Haus vorbei. Dann hörten wir schon das Quietschen der Hochbahn, die sich vor der Oberbaumbrücke in die Kurve legt, das Pumpen der Bässe aus den Autos, das Klingeln der Fahrräder, die auf dem Bürgersteig die Passanten zur Seite scheuchten.

»Was wirst du jetzt tun?«, fragte Jule.

»Ich werde dich vermissen«, sagte ich.

»Ja, aber sonst so.«

Gute Frage. Wir standen voreinander, ich konnte schon die Seitenstraße sehen, in der ihr Auto geparkt war. Ich sprang von einem Fuß auf den anderen, weil der Abschied mich zappelig machte. Ich wollte sie unbedingt noch küssen, doch Jule wirkte ganz unzugänglich, fast fremd, in sich zurückgezogen. Dabei standen wir günstig, sie auf dem Bordstein, ich knapp darunter im Rinnstein, also waren wir endlich auf Augenhöhe, perfekt zum Küssen. Ich war eigentlich nicht sentimental, aber wenn wir uns jetzt einfach nur so verabschieden würden, bräche mir garantiert das Herz.

»Gute Frage«, sagte ich. »Ich habe noch drei Wochen Ferien,

dann fängt das letzte Schuljahr an. Ich muss brav sein. Früh schlafen gehen. Früh aufstehen.«

»Das kannst du ja«, sagte Jule. »Jedenfalls sonntags in Hamburg, da warst du ziemlich früh am Start.«

»Ja, grüß mal Werner! Vielleicht werde ich auch Fischhändler, falls ich das Abi nicht hinkriege.«

»Das kriegst du schon hin. Und ich schätze, du wirst eher Soundforscher, mit deinen Ohren.«

Das war ein Kompliment, und es machte mich glücklich. Ich streckte die Arme aus und fasste Jule am Arm, zog sie näher. Sie kam mir schon entgegen, leicht und hell. Ich strich über ihre Haare und schwor mir, nie wieder eine Frau wegen ihrer blonden Haare zu benachteiligen. Mittlerweile war ich absolut verliebt in diese blonden Hamburghaare.

Jule streckte mir ihr Gesicht genau im richtigen Moment entgegen. Sie hatte ganz feste, warme Lippen. Als wir uns küssten, wurde mir klar, dass es genau das war, wonach ich mich in den letzten zwei Wochen gesehnt hatte. Sie hatte eine Art, zärtlich und wild zugleich zu küssen, mit einer neugierigen Zungenspitze und trotzdem zurückhaltend, die mich verrückt machte. Ich sank völlig hinein in diesen Kuss, keine Ahnung, wie viel Zeit inzwischen verging.

Hinter uns klingelte ein Fahrradfahrer. Dann hielt ein Auto abrupt an, ich hörte das Reifenquietschen eines anderen Autos, das fast auf das erste aufgefahren wäre, der Fahrer fluchte: »Hey, hallo?« Keiner kümmerte sich um ihn, er gab Gas und verschwand.

»Hey, Lennart«, sagte eine Stimme. Ich fühlte einen heftigen Schlag an meiner Schulter.

Und Jule schrie auf.

Ich hatte keine Zeit mehr zu reagieren, es passierte alles viel zu schnell. Jemand trat mir in den Rücken, und im Fallen sah ich, dass Jule von zwei stämmigen Typen gepackt worden war, und obwohl sie sich heftig gegen die Griffe wehrte, hatte sie keine Chance. Ihre Schreie gellten über den Lausitzer Platz, dann hielt ihr einer der beiden Männer den Mund zu.

Ich konnte ihr nicht helfen, ich bekam einen weiteren Tritt, diesmal in die Kniekehlen, knickte ein und schlug mit der Stirn auf den Asphalt.

14. KAPITEL

Mein Blut tropfte auf die Fußmatte vor Stevens Wohnungstür. *Members Only.* Ich presste ein Taschentuch gegen die Stirn, doch das Blut sickerte hindurch. Niemand reagierte auf mein Klopfen. Es regte sich nichts hinter der Tür. Ich wartete jetzt schon seit einer Stunde. Vorher war ich eine halbe Stunde durch den Wrangelkiez geirrt, weil ich es nicht fassen konnte, dass sie Jule mitgenommen hatten. Ihr Auto hatte ich gesehen, es stand unberührt in der Seitenstraße, genau da, wo wir es in der Nacht vorher abgestellt hatten.

Sie hatten Jule mitgenommen. Zwei Typen, die sehr nach Türstehern aussahen, nach Männern, die sich von Gewalt und anabolen Steroiden ernährten. Ich wusste, dass Bulgur viele von diesen Typen kannte, weil er darauf stand, sich von menschlichen Kampfmaschinen beschützen zu lassen. Schlägern, im Nahkampf ausgebildet, meist mit Quarzern ausgerüstet. Ohne jede Fähigkeit zu Empathie. Sie schlugen gern zu. Sie machten gern Beute. Ihr Lebensplan war simpel: zuschlagen oder einstecken – fressen oder gefressen werden.

Wenn seine Paranoia durchschlug, fühlte Bulgur sich ständig und von allen verfolgt. Für ihn war Angriff die beste Verteidigung. Angriff hieß: die möglichst vollständige Vernichtung des Gegners. Trotzdem fand ich es unfassbar, dass er ein unbeteiligtes Mädchen mitnahm. Er war kein Entführer. Was Frauen anging, war er von einer Schüchternheit, die sich in krampfhafter Macho-Pose maskierte. Aber er würde keine Frau auf offener Straße entführen. Deshalb hatte ich alle Seitenstraßen nach Jule abgesucht, falls sie nur weggerannt war. Hätte ja sein können. Losgerissen und weggerannt. Aber ich fand sie nicht, nur ihr Auto stand noch da. Das Bild war aus meinem Kopf nicht wegzukriegen: Jule, von zwei Glatzen-Atzen umstellt und in den Schwitzkasten genommen.

Ich saß im Treppenhaus und wartete vor Stevens Wohnung. *Nimm dein Handy mit*, hatte meine Mutter gesagt. Welches Handy? Ich hatte kein Handy mehr, seit ich auf dem Hamburger Hauptbahnhof aufgewacht war, vielleicht glaubte mir das mal jemand. Übrigens, fiel mir ein, waren auf dem Smartphone einige meiner besten Sounds gespeichert. Ich hatte kein Handy und rief deswegen auch nicht bei meinen Eltern an. Was hätte ich ihnen sagen sollen? Liebe Eltern, ich habe es schon wieder verkackt. Diesmal ist Jule weg, und es ist alles meine Schuld. Oder sollte ich gleich zur Polizei gehen und den interessierten Beamten meine superglaubhafte Story präsentieren: *Meine Hamburger Freundin Jule ist eben am Lausitzer Platz entführt worden, und ich habe auch schon so einen Verdacht, wer es gewesen sein könnte, nämlich mein früherer Partner, was Soundkollektionen betrifft, Herr Bulgur Nachname-weiß-ich-nicht alias DJ Evil. Ach ja, und einen Ausweis oder so habe ich auch nicht, weil ich neulich im Hamburger Hauptbahnhof sozusagen blank aufgewacht bin, bitte glauben Sie mir, Herr Wachtmeister.*

Nein. Ausgeschlossen. Keine Eltern, keine Polizei, es blieb alles an mir hängen. Ich saß da und wartete, manchmal kam jemand die knarrenden Stufen hoch, doch die Schritte endeten im zweiten oder dritten Stock. Eine Wohnungstür wurde aufgeschlossen und dann zugeschlagen. Ich saß und wartete im Halbdunkel. Ich war nicht sehr stolz auf mich, sondern hätte gern meinen Kopf gegen die Wand gerammt, wenn es irgendetwas gebracht hätte. Aber ich ließ es sein, denn ich blutete ja eh schon, und Jule kam davon auch nicht zurück. Jemand in einer der unteren Wohnungen spielte die *Sex Pistols* auf voller Lautstärke, bis ein Nachbar im Hinterhof herumbrüllte, er solle den Scheiß leiser stellen.

Eine Ewigkeit verging. Jemand kochte sein Abendessen. Es war weit nach Mitternacht, doch der Geruch nach brutzelndem Öl stieg im ganzen Treppenhaus hoch. *Nimm dein Handy mit.* Ich könnte Chris anrufen, Steven, Kaya, die Nummern waren alle auf meinem alten Smartphone, das irgendwo zwischen Berlin und Hamburg lag. Ich wusste nur, ich musste Bulgur finden in dieser Nacht, aber ich wusste nicht, wie.

Eine weitere Ewigkeit verging. Unten knarzte die Hoftür, Schritte kamen hoch, leise und langsam. Jemand blieb schwer atmend auf jedem Treppenabsatz stehen und murmelte ein paar Worte vor sich hin. Vorbei am zweiten Stock, am dritten Stock, jetzt kam er hoch zu Stevens Wohnung. Ein Mädchen, ich erkannte sie im Halbdunkel nicht, denn die Treppenhausbeleuchtung reichte nicht bis in den vierten Stock, und sie trug eine dieser peruanischen Hipsterpudelmützen, die besonders in

Sommernächten als ironischer Kommentar zum Klimawandel galten. Sie klopfte an Stevens Tür.

Keine Antwort. Hätte ich ihr auch vorher sagen können, aber manche Erfahrungen müssen die Leute besser selbst machen.

Sie klopfte wieder, und dann trat sie sogar ein paarmal mit den Füßen gegen die Tür. Das hatte Moe früher auch gemacht, weil sie wusste, dass Steven oft mit Kopfhörern lernte.

Keine Antwort.

Sie setzte sich neben mich.

»Keiner da«, sagte ich.

Sie antwortete nicht, nur ihr flacher Atem war zu hören, und ich kannte ihn. Sie kramte in ihrer Tasche nach Tabak und Blättchen, drehte sich eine Zigarette, wühlte in der Tasche nach einem Feuerzeug, ließ die Flamme aufspringen und sog den Rauch gierig ein. Es war Moe.

»Hey«, sagte ich.

Wir waren nie überschwänglich in unseren Begrüßungen gewesen. Wir hatten uns wortlos verstanden.

»Schlimm?«, fragte sie.

Ich nahm die Hand mit dem Taschentuch von meiner Stirn. Die Blutung hatte aufgehört, jetzt setzte das leichte Ziehen des Wundschmerzes ein.

»Bin hingefallen«, sagte ich.

»Finger weg von Ketamin, sag ich immer, das ist ein Teufelszeug.«

»Danke für den Tipp.«

»Ich bin auch oft hingefallen«, sagte sie. »Danach habe ich die Finger davon gelassen. Seitdem bin ich nicht mehr hingefallen. Du ersparst dir eine Menge Ärger. Nimm einfach was anderes.«

Sie wühlte wieder in ihrer Tasche, aber sie fand nicht, wonach sie suchte.

»Wartest du deswegen auf Steven?«

»Nein, ich brauche nichts«, sagte ich. »Ich habe Ärger. Ich brauche jemanden, der mir hilft.«

»Was für Ärger?« Moe sah mich an. Das Licht der Glühbirne fiel auf ihr schmales Gesicht. Jetzt sah sie genauso aus wie auf den Automatenbildern, nur in tieftraurig. Dieses Gesicht sah aus, als hätte es niemals einen Hauch von Freude empfunden.

»Ärger mit Bulgur«, sagte ich.

»Wir haben alle Ärger mit Bulgur«, sagte sie.

Ich ertrug es kaum, sie so verloren dastehen zu sehen. Sie schien in einer ganz eigenen Welt zu leben.

»Was hast du für Ärger?«, fragte ich.

Sie nahm ihre Pudelmütze ab, kam die Treppenstufen hoch und setzte sich wieder neben mich. Ich spürte ihre schmale Gestalt neben mir, ich kannte ihre langen zarten Finger, die jetzt schon mit der nächsten Zigarette beschäftigt waren.

»Er hat mir die beiden liebsten Menschen genommen. Meine beste, allerbeste Freundin. Du kennst sie. Kaya. Sie ist vor drei Wochen gestorben. Sie war bei einem Soundexperiment dabei, von dem wir alle nichts ahnten. Nur Bulgur wusste genau, was er da abzog. Er hat es darauf angelegt. Du warst auch da, Lennart! Du kannst dich echt nicht dran erinnern? Ich sag dir, was passiert ist: Die Sounds waren echt unerträglich. Kaya hat es nicht ausgehalten. Sie hatte innere Blutungen, frag mich nicht, wie das geschehen kann. Sie ist zwei Tage später im Krankenhaus gestorben. Ich habe mit Chris vierzig Stunden an ihrem Bett gesessen. Mit dem Piepen der Apparate, den Schläuchen, manchmal hat sie die Augen aufgemacht, irgendwann nicht mehr. Die Ärzte konnten aber nichts tun. Wir haben ihn angezeigt. Doch die Polizei konnte auch nichts tun. Sagten sie. Es war eine Verkettung unglücklicher Umstände, sagten sie. Wie auch immer. Kaya ist weg. Das ist mein Ärger mit Bulgur.«

Ich sagte nichts.

Jetzt erst verstand ich Chris, der sich auf dieser depressiven Party in der Hinterhofwohnung einen Whisky nach dem anderen gemixt hatte. Der dauernd von Beerdigungen und Friedhöfen geredet hatte.

»Das ist schrecklich«, sagte ich. Wahrscheinlich klang es lahm und bescheuert, aber in diesem Moment war ich total verwirrt und konnte kaum glauben, was sie mir da erzählte. Kaya war tot? Ich konnte mich einfach nicht erinnern.

»Du kannst dir nicht vorstellen, wie schrecklich das ist«, sagte Moe. »Glaubst du, ich habe seitdem mal eine Nacht richtig geschlafen? Ich renne nur herum. Und was richtig fies ist: Ich sehe Kaya dauernd an irgendeiner Straßenecke. Ihre Gestalt, ihren Kopf, ihr Gesicht. Ich rufe nach ihr. Alter, ich war auf ihrer Beerdigung, aber ich sehe Kaya noch jeden Tag durch Berlin laufen, und sie dreht sich immer von mir weg, wenn ich rufe.«

Ich legte eine Hand auf Moes Rücken, der von innen zitterte. Drei Wochen kaum geschlafen.

»Ich brauche unbedingt einen Kaffee«, sagte sie. »Lass uns nach unten gehen, an der Wrangelstraße beim Spanier haben sie guten Kaffee.«

»Moe«, sagte ich.

»Ich weiß«, sagte sie. »Es ist alles schwierig. Du kannst dich an nichts erinnern. Wahrscheinlich auch nicht daran, dass wir mal zusammen waren. Bevor es komisch wurde mit Bulgur. Wir haben uns beide verändert.«

»Ich bin wieder zurück«, sagte ich.

»Dann komm«, sagte Moe.

Wie eigenartig, wieder neben ihr zu gehen. Sie ging viel schneller als Jule, sie rannte fast. Im *Las Primas* wollten sie die Kaffeemaschine schon zudecken, doch Moe bekam ihren Kaffee. Sie rührte viel Zucker hinein, trank hastig, kleine Schlucke, rauchte dazu.

Ich war noch wie erschlagen von der Nachricht, dass Kaya gestorben war. Ich hörte ihre Stimme in meinem Kopf, ich konnte sie tanzen sehen, ausgelassen, ihre blonden Haare wirbelten herum. Mit ihrer Lebenslust hatte sie Moe oft mitgerissen, die vorsichtige Moe, die schüchterne Moe.

»Wo ist das denn passiert?«, fragte ich.

Ich merkte, wie sich in meinem Gedächtnis ein schwerer Vorhang öffnete und eine Szenerie freigab, die ich kannte, aber nie wieder sehen wollte.

Es war eine Sackgasse. Ein überwuchertes Gelände. Ich sah

Leute, die wegrannten, ihre Gesichter waren aschfahl. Sie pressten sich die Hände auf die Ohren oder hielten sich die Bäuche. Ich sah sie in Panik aus zersplitterten Fenstern springen. Eine gespenstisch stumme Landschaft des Grauens.

»Johannisthal«, sagte Moe. »Da gibt es ein altes Flughafengelände, das seit Jahren nahezu verlassen ist. Wir waren oft dort. Und irgendwann entdeckten wir, dass es fast komplett unterkellert ist. Und dann hat Bulgur angefangen, dort aufzulegen.«

Ich nickte. Ich war da gewesen in jener Nacht, plötzlich konnte ich mich an Kaya erinnern. Wenn ich die Augen schloss, sah ich sie auf der Tanzfläche liegen, allein. Ich war zu ihr hingerannt, hatte ihre Haare zur Seite geschoben und ihre Augen gesehen. Wahrscheinlich war es der tote Blick dieser Augen gewesen, der mich innerlich so zerriss, dass ich alles vergaß.

Und wenn ich jetzt die Augen öffnete, sah ich Kaya trotzdem auf der leeren Betonfläche liegen, und wenn ich mich zu ihr hinunterbeugte und die Haare aus ihrem Gesicht strich, sah ich Jules Gesicht.

»Ich will Bulgur treffen«, sagte ich. »Bring mich zu ihm.«

15. KAPITEL

Wir fuhren am Checkpoint Charlie vorbei, überholten einen 29er-Nachtbus, der an einer Haltestelle wartete. Es saßen drei oder vier Leute im Bus, ihre erloschenen Gesichter blickten nach unten auf ihre Smartphones, die sinnlose Nachrichten anzeigten. Die Ampel sprang auf Grün, der Busfahrer gab Gas und bewegte seinen Doppeldecker um die nächste Kurve. Ich bog rechts auf die Wilhelmstraße ab, wir fuhren an der Topografie des Terrors und am Gropiusbau vorbei, dann weiter zum Potsdamer Platz. Er wirkte ausgestorben.

Auf einmal vermisste ich Hamburg, den Geruch von Wasser, das Versprechen einer großen und weiten Welt. Ich sehnte mich nach dem tiefen Tuten der Elbschlepper. Berlin war eine steinerne Wüste. Eine Wüste mit verborgenen Katakomben, von denen niemand etwas ahnte. Wir bewegten uns auf einer Oberfläche, die brüchig war. Jederzeit konnte sie nachgeben, aufsplittern. Ein dünnes, schwarzes Eis, das unter den Füßen knirschte und knarrte. Jeder unserer Schritte konnte der letzte sein.

Wir fuhren am Landwehrkanal entlang, die Straßen waren so gut wie leer. Moe hatte mir ihr Fahrrad gegeben, ein abgewracktes Hollandrad, doch der Lenker war großartig. Sie saß auf der Lenkstange und redete ununterbrochen, ich hielt den Lenker in der Balance und radelte, es war immer noch sehr warm, ich hätte glücklich sein müssen. Ich hatte Sommerferien, ein tolles Mädchen auf der Lenkstange und ein geniales Ohr für die merkwürdigsten Klänge der Welt. Superleben, eigentlich. Aber nichts war super. Kaya war gestorben, Jule war verschwunden, Moe hatte sich krass verändert, Chris war nur noch ein Wrack. Und dann war da noch Bulgur, vor dem ich anscheinend weggerannt war und den ich jetzt wiederfinden musste, um Jule zu retten. Und deshalb war ich mit Moe unterwegs. Logisch, alles total logisch.

Sie lehnte sich mit dem Rücken gegen meine Brust, und ich schaute über ihre Schulter. Ich wollte sie noch fragen, was aus ihrem blauen Rennrad geworden war, behielt es dann aber doch für mich.

»Niemand weiß, wo er jetzt wohnt. Wir wussten es mal. Du hast es mal gewusst, du hast doch wochenlang mit ihm in der Wohnung in Friedenau gewohnt. Bulgurs Höhle. Sein Headquarter. Erinnerst du dich? Innerhalb dieses Jahres begann Bulgur sich zu verändern. Er suchte Streit. Er fand ihn. Weiß nicht, ob du jemals einen Kokser erlebt hast, die kleinen Pupillen gesehen hast. Das Koks bringt das Arschloch in dir hervor, es nimmt Besitz von dir. Bulgur hat wie ein Irrer gekokst. Denn als DJ Evil hatte er ständig Geld, es floss ihm einfach zu, er bekam Tausende für seine Auftritte. Um wach zu bleiben, nahm er, was er kriegen konnte. Du wirst nicht glauben, was er alles einwarf. Und das war's dann mit seiner genialen Musik. Das war's dann mit seiner Freundschaft. Mit seinem Charisma. Fahr die Potsdamer Straße runter.«

»Wohin bringst du mich, Moe?«

Ich radelte auf der Fahrbahn, es ging bergab, und wir wurden schneller. Moe lehnte sich weit zurück, um dem Wind weniger Widerstand zu bieten, gleichzeitig streckte sie beide Arme in die Luft, die Zeigefinger hoch zum Himmel.

»Du hast dich ganz schön verändert«, sagte ich. Moe wirkte selbstbewusster und offener als früher. Oder bildete ich mir das ein? Oder hatte ich mich verändert?

»Du willst zu Bulgur. Ich bringe dich hin.« Sie breitete die Arme weit aus, als wollte sie die ganze Nacht umarmen, die riesige traurige Stadt, einmal noch umarmen und dann davonfliegen. »Fahr schneller«, sagte sie. »Fahr richtig schnell.«

Ganz sicher nicht, dachte ich, und war froh, als wir unseren Schwung verloren und ausrollten. Das Rad ächzte sowieso in seinen Verschraubungen und drohte am nächsten Schlagloch auseinanderzubrechen.

Moe fing sich wieder. »Hier die Kurfürstenstraße rein und dahinter über den Parkplatz, dann sind wir da.«

Es war eine keine gute Gegend. Der Parkplatz gehörte zu zwei riesigen Möbelhäusern. Tagsüber stand der Platz voller Autos, nachts war er leer wie das Herz eines Zombies. Sechs Straßenlaternen warfen ein gelbliches Licht auf den Asphalt. An den Rändern versanken die Sträucher in stumme Dunkelheit, und man wollte nicht wissen, was dort vor sich ging.

Moe sprang von der Lenkstange. Elegant. Sehnig. Sie steckte sich eine Zigarette an, während ich das Rad abschloss.

»Das Schloss haben sie in zwanzig Sekunden auf, wenn sie

wollen«, sagte sie. »Aber so ein Rad will eh keiner mehr haben, das bringt nichts mehr ein.«

Wir liefen über den Platz auf das zweite Möbelhaus zu. Möbel-Grimme. Jeder in Berlin kannte die rot-weißen Buchstaben des ersten Möbelhauses, die früher über das Viertel leuchteten:

MÖBEL-KLITZKE

»Ich dachte, die haben zugemacht«, sagte ich.

»Klar haben die zu, selbst wenn sie offen hätten, hätten sie jetzt zu«, sagte Moe. »Aber sie haben tatsächlich zugemacht. Vor einem halben Jahr schon. Hast du vielleicht nicht mitgekriegt.«

Das Gebäude sah abweisend aus. Die stählernen Rollläden waren heruntergelassen und mit schweren Schlössern gesichert, die man in zehn Jahren nicht aufbekäme. Die Fensterreihen im ersten und zweiten Stock mit Holzplatten vernagelt. Die Leuchtreklame sah jetzt aus wie ein schadhaftes Gebiss und war nur noch teilweise von ein paar flackernden Neonröhren erleuchtet.

M BE - LI ZKE

»Hier wohnt Bulgur? Ist das dein Ernst?«

Moe grinste nur. Sie zog noch einmal an ihrer Zigarette und schnippte sie dann in weitem Bogen in ein Gebüsch.

»Du hast offenbar keine Ahnung von Bulgur«, sagte sie. »Sonst würdest du nicht solche Fragen stellen.«

»Was machen wir dann hier?«

»Wir gehen jetzt rein und besuchen jemanden.«

Sie sprang auf die Reihe der rostenden Einkaufswagen, die neben dem ehemaligen Eingang immer noch auf Kunden warteten. Von dort aus sprang sie zum gähnenden Spalt eines Entlüftungsschachtes und zwängte sich hindurch. Ich blieb fast stecken, als ich ihr folgen wollte. Moe zerrte von innen mit erstaunlicher Kraft an mir, bis ich endlich durch den Spalt hindurch war.

Ich fiel auf einen Schreibtisch, der lange nicht mehr benutzt worden war. Das Büro war nahezu ausgeräumt, nur dieser Schreibtisch war geblieben, was dem gesamten Raum einen gekränkten Ausdruck gab.

Moe ging voraus. Den Gang hinunter. Wir kamen an kleinen Büroräumen vorbei, die einander glichen wie Klone. Alle waren leer geräumt. Nur die Hinterlassenschaften waren andere. Hier ein Putzeimer. Dort ein Regal. Ein Haufen mit Aktenordnern in der Zimmerecke. Gestapelte Stühle. Ein uralter PC mit blindem Bildschirm. Ich hätte einen wabernden Synthie-Soundteppich unter unsere Erkundung gelegt, wenn es ein Computerspiel gewesen wäre. Unheil versprechend, aber mit einer munter aufploppenden Melodie, die aus einem Werbejingle stammen könnte. Wir waren im Verwaltungstrakt des Möbelhauses.

Moe bewegte sich zielstrebig auf ein Treppenhaus zu, wir gingen zwei kahle Treppen hoch, die Fenster waren teilweise zersplittert, und ich spürte die Nachtluft als einen kalten Hauch nach uns fassen.

Moe öffnete am Treppenabsatz eine Eisentür, und wir standen in der Küchenabteilung.

»Beschleunigtes Insolvenzverfahren«, sagte sie. »Sie mussten innerhalb einer Woche raus. Sie haben deshalb nur die teuersten Stücke abtransportiert. Hatten nicht genug Lastwagen und keine freien Lager. Der alte Klitzke bekam in der Zeit einen Schlaganfall. Hat sich nie wieder davon erholt.«

Ich sah mich um, soweit das möglich war. Graues Licht fiel von einigen seitlichen Fensteröffnungen auf die ehemalige Verkaufsfläche. Die Küchenabteilung eines Möbelhauses ist schon schwer zu ertragen, wenn das Geschäft gut läuft. Dann schlendern junge Ehepaare dort und suchen sich eine Einbauküche aus, die für die nächsten zwanzig Jahre ihres glücklichen Ehelebens halten sollte. Männe prüft den Dunstabzug, Schatzi steht Probe am Herd. Sie unterhalten sich flüsternd über die Hängeschränke in hochglänzendem Weiß. Hinter ihnen das nächste Paar, begleitet von der Schwiegermutti, die wahrscheinlich ein luxuriöses Modell finanziert, deshalb ist man heute besonders nett zu ihr. Alle Schubladen und Türen mit dem Super-Soft-Closing-System ausgestattet. Warme Farben, feine handwerkliche Details und natürliche Materialien sorgen für eine heimelige Atmosphäre und laden zum Verweilen ein. Das Mikado-Design beruhigt zusätzlich die Nerven des gestressten Großstädters, der nach einem langen Arbeitstag nach Hause kommt und einfach mal in der Küchenlounge chillen möchte. Während unsere Pärchen also nichts ahnend zwischen den verschiedenen Küchenmodellen flanieren, lehnt im Hintergrund ein latent aggressiver Verkäufer an der Wand, der jeden hasst, der ihm jetzt noch mit blöden Fragen kommt. Er steht sich seit Jahren die Beine in den Bauch und hat jede, aber auch wirklich jede aller denkbaren Küchenfragen schon zwanzig Mal gehört. Er hasst sie alle. Niemand traut sich, ihn anzusprechen. Ein einziger Blick aus seinen Augen genügt. Hier wäre der passende Soundtrack ein Heavy-Metal-Gitarrensolo. Ich setzte es auf meine To-do-Liste.

Ein Möbelhaus im trägen Grau einer Nacht, nur dürftig erhellt von den Straßenlaternen und den Scheinwerfern auf dem Parkplatz, an dessen ausgefransten Rändern sich unschöne Szenen verbergen, ein Möbelhaus, das zur Hälfte ausgeräumt und verlassen ist, das ist der pure Horror. Da braucht es keinen fiesen Soundtrack, da genügt die fast absolute Stille völlig. Nahezu absolut still. Denn die Kunden, so schien es mir jetzt, schlichen immer noch herum, als ruhelose Geister, die mit unsichtbarer Hand am Herd rüttelten, sich an die Einbauspüle lehnten und dann hinüberwehten zur Sofa-Abteilung. Schatten ihrer selbst. Erinnerungen an das, was sie mal waren.

»Was wird das hier?«, flüsterte ich. Meine Stimme klang trotzdem laut. Ich sah Hunderte von Geistern vor mir, die überrascht die Köpfe in meine Richtung drehten. Geister, Lennart? Alles Einbildung. Du bist nur übermüdet.

Moe war längst vorgegangen, und die plötzliche Leere in der Küchenabteilung machte mir Angst.

16. KAPITEL

Ich öffnete eine quietschende Eisentür zur nächsten Halle. Meine überwachen Ohren empfingen ein vielstimmiges Schnarchen, das immer lauter wurde, je näher ich der Abteilung kam. Männerschnarchen. Kaum ein Geräusch kann einen so nerven wie die anhaltende Vibration eines erschlafften Gaumensegels. Hier waren mindestens fünfzig Gaumensegel in Aktion.

»Moe!« Mein Flüstern kam eher als Schrei heraus, und die ohrenbetäubenden Schnarchgeräusche setzten eine eisige Sekunde lang aus.

»Moe ist nicht hier«, sagte jemand.

»Halt die Klappe«, sagte ein anderer.

»Leute, ich will schlafen«, ein Dritter.

»Der Typ sucht Moe«, sagte die erste Stimme, und es klang so, als würde er die Arschkarte gern an mich weiterreichen.

Eine Taschenlampe funzelte auf, der Strahl glitt zittrig durch den Raum, in dem tatsächlich jede Menge Sofas standen, die anscheinend alle belegt waren. Dann blendete der Strahl mich, wanderte weiter und kehrte zu mir zurück.

»Wer ist das denn?«

»Hier ist alles belegt, du Penner. Geh in die Kinderabteilung.«

»Ich suche Moe«, sagte ich.

Eine Frauenstimme stöhnte genervt auf. »Das ist nicht zu fassen, dass hier dauernd jemand reingelatscht kommt. Wir schlafen hier! Wir haben auch ein Recht darauf, nachts ein paar Stunden zu schlafen. Okay? Den ganzen Tag ist man unterwegs, dann will man nachts auch mal seine Ruhe haben. Verstehst du? Ist das so schwer zu kapieren? Bist du ein Bulle oder was? Was hat Moe dir getan? Kannst du sie nicht bis morgen früh einfach mal schlafen lassen?«

Ein Hund kläffte und wurde zur Ruhe gerufen. Überall flackerten Handylichter auf. Einige Leute zündeten sich Zigaretten an, andere streckten sich gähnend. »Hier wird nicht geraucht!«, rief eine autoritäre Stimme quer durch den Verkaufsraum. »Das hatten wir doch schon geklärt!«

Ich blinzelte in das Licht mehrerer Taschenlampen, die auf mich gerichtet waren.

»Du blutest«, sagte einer.

Meine Hand fühlte an der Stirn, doch der Fleck war trocken.

»Tut mir leid, ich wollte nicht stören«, sagte ich. »Ich bin mit Moe gekommen, ich habe sie verloren, wir wollten jemanden besuchen.«

Ich stand immer noch an der Tür, zum Rückzug bereit, falls einige der verärgerten Nachtgäste handgreiflich werden sollten. Oder einen ihrer Hunde auf mich hetzen wollten.

»Sie ist bei Rudi«, sagte einer. »Hinten rechts.«

»Rudi meditiert«, sagte ein anderer.

Ich tastete mich vorsichtig in den Raum hinein. Die Sofas und Couchgarnituren waren in wilder Ordnung sortiert, immer mehrere um einen kleinen Tisch oder eine imaginäre Mitte herum. In der Dunkelheit erinnerte mich der Anblick an die

Trecks im Wilden Westen, die für die Nacht in der Wildnis ihre Planwagen zusammengeschoben hatten. An entfernten Ecken setzte jetzt auch wieder das Schnarchen ein, begleitet von unterdrücktem Husten oder Stöhnen. Zwei Hunde knurrten, tief und unbestimmt. Hier und dort sah ich Pärchen mit Kopfhörern auf der Couch sitzen und rauchen, sie verhielten sich still, lauschten einer unhörbaren Musik. Sie wollten nur die Nacht überstehen.

Durch eine Zwischentür gelangte ich zu den Kinderzimmern. Die ganze Etage war so gut wie leer. Rechts in einer Abteilung waren noch zwei oder drei Jugendzimmer aufgebaut, wie Möbelhausausstatter sich Jugendzimmer eben vorstellen. In einer Hängematte nicht weit von der Fensterreihe entfernt schaukelte Moe hin und her. Durch die Fenster drang das missmutig fahle Licht der Lampen vom Parkplatz.

»Hab auf dich gewartet«, sagte sie. »Hast du Freunde gefunden?«

»Wo warst du denn?«, fragte ich zurück.

»Ich habe Rudi gesucht.«

»Wer zum Henker ist Rudi?«

Moe zeigte mir einen Mittelfinger. »Mach hier keinen Stress, Lennart. Du willst zu Bulgur, oder? Keiner von uns weiß, wo Bulgur sich aufhält. Keiner ist mehr so eng mit ihm. Er verkehrt jetzt in anderen Kreisen. Der einzige Mensch, der einigermaßen zuverlässig weiß, wo Bulgur zu finden ist, lebt hier. Rudi. Du wirst ihn gleich kennenlernen.«

»Wann denn? Wo ist dieser Rudi denn?«

»Er meditiert.«

Sie setzte sich in der Hängematte auf und schaukelte darin wie auf einem Kinderspielplatz. Dann wurde sie langsamer und klopfte auf den Platz neben sich.

Ich setzte mich.

Wir saßen eine Weile still nebeneinander, wie vorhin auf der Treppe vor Stevens Wohnungstür. Zeit verging. Ich spürte meine Müdigkeit, und irgendwie war ich kurz davor, aufzugeben. Ich würde Jule nicht wiederfinden. Ausgeschlossen. Ich würde Bulgur nicht finden. Es gab keinen Rudi. Es gab nur mich und Moe, und wir warteten auf verlorenem Posten.

Sie streichelte mit schüchterner Hand meinen Rücken. Ich regte mich nicht, es war schön, es sollte nicht aufhören. Moe streichelte weiter.

»Alles wird gut«, sagte sie.

Ich nickte, doch ich glaubte ihr nicht. Ich nickte nur, damit sie nicht aufhörte, meinen Rücken zu streicheln mit ihrer kleinen Hand. Es tröstete mich.

Sie ließ sich Zeit. Wir sagten lange nichts. Rudi tauchte nicht auf. Vom anderen Ende der Halle hörte man leise Schnarchgeräusche. Irgendwo bellte ein Hund, draußen auf dem Parkplatz. Ein Lastwagen fuhr vorbei.

»Wen hat Bulgur dir noch genommen?«, fragte ich. Diese Frage hatte ich lange genug mit mir herumgetragen.

»Was meinst du?«

»Vorhin auf der Treppe vor Stevens Wohnung hast du gesagt, Bulgur hätte dir die beiden liebsten Menschen genommen.«

Sie zog ihre Hand zurück. »Ich habe dir doch von Kaya erzählt.«

»Ja«, sagte ich. »Und wer ist der andere?«

»Du«, sagte sie.

»Ich?«

Moe sah mich traurig an. »Ich habe dich in der Nacht in den Zug gesetzt, weil ich wusste, dass Bulgur nach dir suchen würde. Und ich wollte, dass du überlebst. Wir haben es bis Südkreuz geschafft, obwohl du kaum mehr ansprechbar warst. Ich habe dir eine Karte gekauft und dich in einen Zug gesetzt, der mit vier Stunden Verspätung aus Budapest kam.«

»Danke«, sagte ich. »Wahrscheinlich hast du mich damit gerettet, ich kann mich total dunkel erinnern, dass Bulgur einen üblen Hass auf mich hatte. Keine Ahnung, was geschehen wäre, wenn er mich gefunden hätte.«

»Was ist dann mit dir passiert, Lennart?«, fragte sie. Moe saß still da, ihre Hände ineinander verschränkt. Sie schaute mich nicht an, aber sie hörte so genau zu, wie mir noch nie jemand zugehört hatte.

»Wahrscheinlich stand ich nach der Nacht in Johannisthal unter Schock. Irgendwie bin ich nach Hamburg gekommen, jedenfalls bin ich im Hamburger Hauptbahnhof aufgewacht. Hatte keine Erinnerung mehr, an überhaupt nichts. Am Anfang wusste ich nicht einmal, wer ich war. Habe mich dann verkrochen und für einige Wochen in einem Wohnwagen gehaust und auf dem Fischmarkt gearbeitet.«

»Psychogene Amnesie«, sagte Moe.

»Was?«

»Wenn man etwas nicht aushalten kann, dann wird die Erinnerung an etwas Erlebtes gestoppt. Du schaltest weg, wenn das Ereignis auftaucht. Oder du radierst es aus deinem Gedächtnis aus. Natürlich funktioniert das nicht richtig, denn du hast es ja erlebt, es wird immer in dir sein. Das Ausradieren wird deshalb manchmal so gründlich vorgenommen, dass ganze Lebensjahre aus dem Gedächtnis gestrichen werden.«

»Aber die eigene Identität? Einfach streichen?«

Moe zuckte mit den Achseln. »Wieso nicht? Manche hungern sich ja auch zu Tode.«

»Aber das ist ein Willensakt, die eigene Entscheidung. Bei mir war das total plötzlich – wie ein Axtschlag, der mich von mir selbst getrennt hat.«

Moe nickte. »Der Schock muss heftig gewesen sein, hat sicher auch mit dem Soundexperiment zu tun.«

»Ich hab an dich gedacht. Von dir geträumt. Das Einzige, was ich von meiner früheren Existenz noch hatte, war ein Streifen Automatenbilder von dir.«

»Vom Kotti, wir waren die Nacht davor dort gewesen.«

Unsere Schultern berührten sich, aber wir sahen uns nicht an.

Draußen verlor die Nacht allmählich den Kampf gegen den aufziehenden Tag. Ein frühes Licht sickerte durch die Fenster.

Und nun drehte ich mich zu ihr und nahm sie in die Arme. Ich hörte, wie sie tief ein- und ausatmete. Wild und warm. Sie vergrub ihr Gesicht in meiner Halsbeuge, ich hielt sie fest, hatte ihren Oberkörper umschlungen, spürte ihre Rippen, ihre Wirbelsäule, das Klopfen ihres Herzens. Wir fielen wie in Zeitlupe in die große Umarmung der Hängematte hinein, und so muss Moe dann auch eingeschlafen sein. Und ich erinnerte mich.

17. KAPITEL

Ich erinnerte mich wieder an das Jahr vor der Nacht in Johannisthal, das Jahr der Klangexperimente, das Jahr mit Bulgur.

»Du bist mein Soundscout, Lennart«, sagte er damals zu mir. »Mein Mann der speziellen Töne. Du hast ein Ohr wie niemand sonst. Das ist deine Gabe.«

Er bestellte seltsame Klänge bei mir, und ich besorgte sie ihm. In meinem Kopf sind anscheinend alle Geräusche gespeichert, die ich jemals gehört habe, bewusst oder unbewusst. Ich weiß bis heute, wie der Zahnarztbohrer meines Zahnarztes klingt, wenn er sich in die Wand des Eckzahnes hineinfräst. Ein unvergesslicher Sound, und wir benutzten ihn, wenn Bulgur aka DJ Evil mit seinen *Sick Soundsystem Sessions* begann.

Das Prinzip war denkbar einfach: Wir nahmen einen total angenehmen Beat, nz nz nz nz nz nz nz nz nz nz nz nz nz, peppten ihn mit einer entspannten Bassline auf und mischten einen Schlager darunter, den alle kannten und liebten. *Papaya* von Alexander Marcus zum Beispiel. Irgendein Evergreen tat es auch. *Yellow Submarine* oder *Klaps auf den Po*. Hauptsache, die Leute erkannten das Lied auf Anhieb wieder und hatten Lust zu tanzen.

Und dann, wenn sie alle auf der Tanzfläche waren, dann kam der Zahnarztbohrer. Er kam mit 180 Beats per minute. Mit 180 Stundenkilometern. Er sirrte direkt in dein Hirn, wo es am empfindlichsten war. Das Publikum war verwirrt, es verstand nicht, was plötzlich los war, denn eben war es noch so glücklich gewesen, so gelöst und vergnügt. Und jetzt fräste sich das Geräusch des Bohrers mit voller Lautstärke in den Raum. Jetzt war der Zahnarzt da. Du musst nicht einmal den Mund aufmachen. Er findet auch so deinen empfindlichsten Nerv. Er geht direkt über zur Wurzelbehandlung. Eine Betäubungsspritze? Nein, sorry, wir bieten hier keine Betäubungsspritzen an.

Eine ganze, unerträglich ausgedehnte Minute lang steigerte sich das Geräusch des Bohrers, bis es den Raum ausfüllte, und wo du auch standest, dieses Geräusch kam direkt auf dich zu. DJ Evil schob die Regler ganz nach oben, denn er liebte es, die Leute leiden zu sehen. An Tanzen im altmodischen Sinn war hier nicht mehr zu denken. Die Leute auf der Tanzfläche wanden sich, ihre Körper verrenkten sich, es sah nicht mehr schön aus, nicht harmonisch oder sinnlich. Sie litten. Deswegen waren sie schließlich gekommen. Sie liebten es.

Seine *Sick Soundsystem Sessions* waren bald legendär. Die Leute drängten sich zu Hunderten vor dem Bunker, vor dem Eingang zum Tunnel, um das Reich der schrecklichen Klänge zu betreten. *Quält uns*, sagten ihre Gesichter. *Gebt es uns hart.* Bulgur und ich ließen uns das nicht zweimal sagen, wir quälten sie. Wir gaben es ihnen. Den Zahnarztbohrer oder das Pfeifen eines alten Wasserkochers, das bis in irrsinnige Höhen eskalierte.

Mit der Zeit bekam Bulgur einen siebten Sinn für die Feinheiten, wie er sein Publikum noch hintergründiger, noch exquisiter foltern konnte. Also schob er den Regler nicht nach oben, wenn es Zeit für den Zahnarztbohrer war, sondern er ließ ihn ganz sachte, zunächst kaum hörbar in die flauschige Gute-Laune-Mucke einschleichen. *Sunshine Reggae!* Leise genug, dass keiner wirklich merkte, wie ihm geschah. Doch deutlich genug, dass die Leute auf der Tanzfläche, im ganzen Raum von einem intensiven Grauen erfasst wurden. Sie konnten es nicht verorten. Was war los? Was passierte hier? Irgendetwas stimmte nicht. Sie hörten auf zu tanzen und sahen sich verwirrt an, hoben die Hände: Was soll das? Viele schauten reflexartig auf ihr Smartphone, als wäre dort die Lösung für die untergründige Panik zu finden. Das Geräusch des Zahnarztbohrers drang nicht durch den Sonnenscheinreggae hindurch, sondern schlich nur im Unterholz herum. Und doch wusste man irgendwie, dass es da war. Es machte einen fertig, gerade die ungewisse Bedrohung. Du siehst es nicht. Du hörst es eigentlich nicht. Doch du weißt, dass es da ist und auf dich lauert. Dein Smartphone hilft dir hier nicht weiter. Du kannst es nicht googeln. Es ist schon da. Du kannst es nicht löschen, es schleicht um dich herum. Manche hielten sich die Hände vor den Mund, ein paar Mädchen brachen in Tränen aus und liefen heulend aufs Klo.

Und dann schob Bulgur den Regler hoch, in einer zügigen, entschlossenen Bewegung. Keine Gnade mehr. Keine vornehme Zurückhaltung mehr. Kein Versteckspiel mehr. Im Gewölbe des Untergrundkellers schwoll das hysterisch hochfrequente Kreischen des Zahnarztbohrers an, laut, mit Halleffekten versehen, von einem dümmlichen Bass oder einem Lachsacklachen unterlegt, und die Meute ging wirklich ab. War dies noch ironische Ekstase oder schon die pure Panik?

Auf jeden Fall war es auch mein Werk. Ich stand in einer Ecke, genoss den Anblick der zappelnden Tänzer und lauschte dem Geräusch des Zahnarztbohrers, das ich in der Woche zuvor aufgenommen hatte, indem ich extra zu einem Zehlendorfer Zahnarzt in die Praxis gefahren war. Ich hatte ihm gesagt, ich brauchte es für ein Hörspiel. Und tatsächlich war dies eine Art Hörspiel. Bulgur und ich spielten mit dem Gehör der Leute, sie waren wie dankbare und nichts ahnende Marionetten unserer *Sick Soundsystem Sessions*.

Natürlich blieb es nicht beim Zahnarztbohrer. Zwei Nächte später nahm ich das Schnarchen meines Vaters auf und mischte es mit dem Schnaufen, Grunzen und Schmatzen einer Horde Wildschweine im Dickicht. Oder der Pürierstab aus der Küche, ein Teufelswerkzeug, was widerlichen Sound angeht.

Einmal ging ich auf den Jahrmarkt und setzte mich in die Geisterbahn, um das Kreischen von Teenies aufzunehmen. Der Mitarbeiter der Geisterbahn trug ein ausgeleiertes Gorillakostüm und war ein Kettenraucher im Endstadium. Er musste nicht mehr tun, als hinter der Kurve stehen und auf die Wagen der Geisterbahnbesucher zu warten. In seinem Winkel war es total dunkel. Niemand konnte ihn sehen. Wenn der Wagen über eine Schwelle fuhr, erhellte ein Stroboskopblitz den abgehalfterten Gorilla, und die Mädchen kreischten wie am Spieß, als hätte er ihnen eine Handvoll Spinnen in den Wagen geworfen. Doch er berührte sie gar nicht. Das hatte er mir vorher erklärt, seine Regel Nummer eins: *Berühre niemals einen Kunden!* Die Besucher wussten es natürlich nicht. Er wischte nur mit seiner Pranke an ihren Gesichtern vorbei, sodass sie den Lufthauch spürten. Und dann schlug er sich auf die Brust und trommelte siegreich. Kurz darauf wurde er von einem grauenhaften Husten erschüttert, den die Besucher aber nicht mehr mitbekamen, weil sie längst um die Kurve gefahren waren, wo sich ein Draculasarg langsam öffnete. Ich verbrachte zwei Stunden in der Geisterbahn und nahm das unfassbar laute Kreischen der Mädchen auf.

In der Nacht darauf schrien diese Mädchenstimmen mitten in einem lauschigen Easy-Listening-Klangteppich, und ihrem Kreischen war die ganze Panik der Geisterbahn, das Elend des Gorillamannes und das Pfeifen seiner Lunge so wahrhaftig anzuhören, dass mir selbst ein wenig kalt ums Herz wurde.

»Das ist groß«, sagte Bulgur und nickte mir anerkennend zu. »Ganz großes Tennis. Wirklich crunchy.«

Sein Lob freute mich, doch wenn ich die Gesichter der Tanzenden sah, die im Flickern der Stroboskoplichter grimassenhaft verzerrt an mir vorbeirutschten, eine Galerie erschrockener, verschwitzter, entrückter Gesichter, dann war ich mir nicht mehr so sicher, ob ich das wirklich wollte.

»Die Leute haben echt Angst«, sagte ich.

»Sollen sie auch«, sagte Bulgur. »Wollen sie ja.«

Er lächelte mir verschwörerisch zu, aber ich sah eigentlich nur die Spiegelungen der tanzenden Leute auf den Gläsern seiner Sonnenbrille. Er beugte sich zu mir, als verkündete er ein Geheimnis, das er nur mir anvertrauen wollte: »Du kommst am besten klar, wenn du sie alle für kleine verwirrte Kinder hältst, die ihren dummen kleinen Spaß wollen. Sie wollen sich ein bisschen fürchten, weil sie gleich danach darüber lachen können. Sie haben alle Angst vor dem Leben, denn sie wissen nichts vom Leben da draußen. Hier kriegen sie einen handlichen Horror, der ihre Kinderseelen nicht allzu sehr strapaziert. Alle kreischen, und dann atmen sie auf, und die Musik geht weiter.«

Bulgur ließ sein sonores, selbstbewusstes Lachen hören und boxte mich gegen die Brust, freundschaftlich, aber hart.

»Lennart, du und ich, wir stehen meilenweit über diesen Kindern. Wir sind die Puppenspieler, die sie tanzen lassen. Die Fäden, an denen sie hängen, das ist unsere Musik, deine schrägen Töne und meine Bässe. Wir können mit ihnen machen, was wir wollen, wir können sie glücklich machen, wir können ihnen Angst machen, wir können sie geil machen und sie in Trance versetzen, wir können sie bis zur Erschöpfung treiben und noch ein bisschen weiter. Sie sind Kinder, Lennart, nichts weiter. Kinder, die nach Unterhaltung gieren, weil sie sich in ihrem öden Leben langweilen. Sie sind Marionetten ohne eigene Ideen und ohne eigenen Willen, und du bist der Puppenspieler. Du hältst die Strippen in der Hand, mein Lieber. Lass sie das nie merken, dann werden sie dir überallhin folgen. Dann machen sie alles, was du willst.«

Noch einmal das Grinsen hinter der verspiegelten Sonnenbrille. Dazu der freundschaftliche Klaps, mit dem er unsere besondere Beziehung dokumentierte, wie ich damals glaubte. Dann sprang er zurück hinter das Pult und dirigierte die Crowd, indem er die Geisterbahnschreie mit einem Hall versetzte und gleichzeitig in einzelne Frames aufsplitterte. Darunter lag jetzt die eingängige Melodie eines alten Bonnie-Tyler-Songs, nichts ist geiler als Bonnie Tyler, und dann quatschte noch Jogi Löw dazwischen: »högschde Konzentration, högschde Konzentration«, und dann wieder die Geisterbahnschreie der Mädchen.

Die Menge ging total ab. DJ Evil spürte, wie die Spannung wuchs, und er fütterte das Anschwellen der Erwartung mit sorgsam ausgewählten Häppchen. Es war wie früher im Hallenbad, wenn der Bademeister endlich die Wellen anrollen ließ, auf die wir Kinder alle so sehnlich gewartet hatten. Aber DJ Evil war kein Bademeister. Er gab sich nicht mit den sanften Wellen eines Hallenbads zufrieden. Er ließ musikalische Wogen anrollen, die immer größer und heftiger wurden und die noch keiner von uns in dieser Härte, in dieser Wucht gespürt hatte.

Die Menge tanzte nicht mehr, sondern zappelte jetzt wie wahnsinnig, als lägen bei allen die Nerven völlig blank. Hunderte Arme, Beine in wirrem Geflicker, Köpfe kreisten oder wurden rhythmisch geschüttelt, hinten an einem Pfeiler stand ein Typ, der sich die Haare herausriss, er konnte einfach nicht damit aufhören, solange Bulgur die Musik anrollen ließ, höher und höher schraubte, schneller und schneller werden ließ. In der Menge fielen schon die Ersten vor Erschöpfung um, doch die anderen tanzten einfach weiter, die Beats wurden so schnell und die Bässe so hart, dass ich mir automatisch beide Arme um den Brustkorb legte, während ich zusah, wie der Typ drüben am Pfeiler seine Haare in Büscheln herausriss. Beginnender Wahnsinn oder eine seltsame Form der Ekstase? Seine Beine bewegten sich in rasender Geschwindigkeit, wie die eines Radrennfahrers, der bergab dem Ziel entgegenrast, schneller und schneller wird.

Vereinzelt kamen Schreie aus der Menge der Tanzenden, Schreie der Begeisterung und Ekstase. Hände flogen hoch, von der Decke tropfte der Schweiß zurück auf die dampfenden Gesichter, die Rhythmen zwangen uns weiter bergauf, aber das machte nichts, mir auch nicht, weil ich längst mittanzte, mitgerissen war, meinen Körper tun ließ, was er tun musste, so anstrengend und irrsinnig es auch war, das machte uns überhaupt nichts aus, denn wir waren gedopter, als alle Fahrer der Tour de France es jemals sein könnten. Unser Dope war DJ Evils *Magic Mix* feat. Jogi Löws »högschde Konzentration, högschde Konzentration«.

Wie schnell war das jetzt, 240 beats per minute? Irgendwann wird es ungesund.

Die Beats klangen wie Tischtennisbälle, die mit hölzernen Kellen bei einem Rundlauf geschlagen werden und auf die Platte ditschen und zurückgespielt werden, anfangs geht das noch, dann wird der Rundlauf schnell, die Kellen knallen lauter und hastiger, es sind zehn oder zwanzig Tischtennisbälle im Spiel, die einen eigenen Rhythmus entwickeln, eine panische Melodie, denn das Tempo des Rundlaufs wird nun auf ein unglaubliches Maß beschleunigt, trotzdem sind die hölzernen Kellen immer dabei, es werden eigentlich immer mehr, bis die Zentrifugalkräfte einen aus der Kurve zu reißen drohen, aber du bist ja nur in einem Club und tanzt.

Dazwischen sah ich Moes Gesicht, unter mir rasten meine Füße auf dem Betonboden, als wollten sie unbedingt weg, doch ich schlug nur gegen andere Körper, und ich küsste Moe, als wir in der Sekunde, in der Bulgur die Woge brechen ließ, dieser einzigen und heiligen Sekunde, in der sich alle Anspannung löste, einander in die Arme fielen. Meine Arme öffneten sich, um sie aufzufangen.

Moe fiel, sie fiel mir entgegen. Sie klammerte sich an mich, als müsste sie sonst ertrinken, und ich hielt sie, so fest ich konnte, damit ich sie nie wieder verlor. Und dann küssten wir uns. Hart und gleichzeitig zärtlich, wir sanken mit dem Ausrollen der Woge in diesen Kuss, in der merkwürdigen Stille, die plötzlich eintritt, wenn der Höhepunkt überschritten ist und niemand mehr die Kraft hat, sich zu bewegen. Viele sanken einfach zu Boden. Bulgur wusste das, er ließ die Musik jetzt sanft ausschleichen, in einer seligen Viertelstunde von *Chill Groove* dahinschmelzen. Normalerweise hasste er diese Momente der Schwäche, aber er kannte sein Publikum gut genug, um ihm jetzt eine Pause zu gewähren. Das steigerte ja nur die Liebe der Menge zu ihm, dem Meister, der immer wusste, was das Beste für seine Anhänger war. Also gab er uns eine Auszeit, einen dahindämmernden *Chill Groove*, zu dem ich natürlich auch ein paar Klänge vorbereitet hatte. Die gleichmäßige Brandung des Meeres am Strand einer kleinen griechischen Insel. Und danach: das Atmen eines alten Mannes. Ein Wimpernschlag, kaum hörbar.

Mir war all das egal, denn Moe küsste mich. Sie war verschwitzt und heiß und wunderschön, und in dem Moment wäre ich für sie gestorben, weil es einfach der perfekte Moment war, es konnte keinen besseren geben.

18. KAPITEL

Ich wachte im Möbelhaus auf, in der Hängematte. Moe regte sich in meinen Armen. Mir kam es vor, als hielte ich sie seit zwei Jahren fest, so vertraut war sie mir. Ich kannte ihr zerwühltes Haar. Den Abdruck der Hemdfalten auf ihrer Wange. Ihren Geruch. Ich musste es ihr sagen. Aber nicht jetzt.

Vor uns stand ein Mann und betrachtete uns lächelnd. Die Morgensonne schien auf sein Gesicht und seinen kahlen Schädel.

»Morgen, Kinder«, sagte er.

Seine Stimme schwang in einem tiefenentspannten Modus. Kein Zweifel: Dieser Mann hatte die ganze Nacht hindurch meditiert und war wahrscheinlich durch mehrere Erleuchtungen hindurchgegangen, ohne mit der Wimper zu zucken.

»Hallo Rudi«, sagte Moe. »Wir haben auf dich gewartet. Sind dabei eingeschlafen. Das ist ein Freund.«

»Lennart«, sagte ich. »Ich suche Bulgur.«

»Ich weiß«, sagte Rudi. Und wir sahen, dass er es wusste. Denn er wusste alles. Sein Lächeln durchdrang mehrere Zeitalter. Er bat uns hinüber in seine kleine Behausung, die er sich in einem seitlichen Kabuff eingerichtet hatte. Eine winzige Küchenzeile: Kartoffelschalen. Müslischalen. Klangschalen. Im Nebenzimmer erstreckte sich eine solide Plantage von Hanfpflanzen, sehr professionell aufgezogen mit Bewässerungssystem, Kunstlicht, Wärmeregelung. Die Ernte stand unmittelbar bevor. Vielleicht hatte Rudi in der Nacht auch bereits vorgekostet.

»Frühstück?«, fragte er.

Wir nickten.

»Dann lasst uns runtergehen.«

Beim Rausgehen warf er Moe eine Tüte mit Gras zu. »Bleibt in der Familie.«

Sie ließ es in ihrer Innentasche verschwinden und blinzelte ihm zu.

Unten in einer Bäckerei auf der Potsdamer Straße hörte Rudi sich die ganze Geschichte mit Bulgur interessiert an. Als ich ihm erzählte, dass Jule sehr wahrscheinlich auf seine Anordnung hin entführt worden war, rührte er lange in seinem Ingwertee.

»Sieht nicht nach ihm aus«, sagte er. »Aber, ehrlich gesagt: Er ist sprunghaft geworden in letzter Zeit. Verändert sich auffallend in Richtung Soziopath. Doch das Mädchen ist für ihn nur ein Mittel zum Zweck. Ich denke, er will was von dir. Er will es nur nicht so direkt sagen.«

Moe drehte sich eine Zigarette und ging nach draußen.

Rudi fragte: »Bist du mit dieser Jule zusammen?« Er schaute zu Moe hinaus, die mit dem Rücken an der Fensterscheibe lehnte und das Leben auf der Potsdamer Straße beobachtete.

»Vielleicht«, sagte ich. »Was geht dich das an?« Es war komisch, ihn zu duzen. Es wäre auch seltsam gewesen, ihn zu siezen, einen Möbelhausbewohner und Kiffer, der noch dazu mit Moe verwandt war.

Er sagte: »Ich habe Moe in den letzten Wochen oft gesehen. Sie kommt mir vor wie jemand, die an einer steil abfallenden Küste steht, auf einem Felsen, zwanzig Meter über der Brandung. Hinter ihr das grüne Land. Sie steht mit dem Gesicht zum Meer, eine Handbreit vor dem Abgrund. Und sie steht auf einem Bein. Beide Arme ausgestreckt.«

»Ich habe sie eine ganze Weile nicht gesehen«, sagte ich. »Mehrere Wochen nicht. Ich bin erst seit gestern zurück in der Stadt. Ich weiß nicht einmal genau, was passiert ist. Mit Kaya. In der Nacht in Johannisthal. Mit Bulgur. Was erzählt Moe davon?«

»Sie spricht nicht darüber«, sagte Rudi. Seine Augen waren enorm klar, ich konnte ihm fast bis auf den Grund seiner Seele blicken. »Sie irrt seitdem nur herum. Todunglücklich. Aber vorhin, als ich euch beide in der Hängematte liegen sah, da war sie, glaube ich, glücklich.«

»Wir waren mal zusammen«, sagte ich.

»Jetzt nicht mehr?«

Mein Mund wurde trocken, trotz Kaffee und Wasser. Meine Hände strichen unruhig über die Tischplatte.

»Ich war lange weg«, sagte ich. Mehr nicht. Nichts von Hamburg, nichts von den Automatenbildern, den Träumen.

»Sie ist meine Nichte«, sagte Rudi. »Mein Bruder ist ein Idiot, dass er nicht da ist, wenn sie ihn braucht. Sei du kein Idiot. Sei nett zu ihr.«

»Ich bin nicht ihr Vater.«

»Nein, aber sie liebt dich.«

Ich sagte nichts. Er betrachtete mich, rührte in seinem Ingwertee, atmete ein und aus. Diese erleuchteten Meditationstypen können einen wirklich nervös machen. Außerdem machte mich der Gedanke an Jule hibbelig. Ich fühlte mich schuldig, und meine Schuld wuchs mit jeder Stunde, die ich auf der Suche nach ihr vergeudete.

»Wo finden wir Bulgur?«, fragte ich.

Moe kam wieder herein, sie lächelte uns zu, setzte sich neben mich und legte eine Hand auf meinen Rücken, als wäre es das Normalste der Welt. Vor zwei Monaten wäre das auch der Fall gewesen. Jetzt war ich ein Fremder für sie. Oder auch nicht. Sie war mir nicht fremd, ich musste selbst lächeln, wenn ich sie ansah. Sie sah so super aus. Frisch und lebenslustig.

»Ich muss unbedingt noch zu Lidl«, sagte sie.

»Ihr trefft Bulgur eh nicht vor Mitternacht«, sagte Rudi.

»Wo finden wir ihn?«

»In der *Panorama Bar*«, sagte er. Die kannte ich. Sie war der Ort, wo alle Berliner DJs sich zumindest kurz blicken ließen, bevor sie an die Arbeit gingen. Die obere Etage des *Berghain*.

»Er ist sicher heute Abend da?«, fragte ich. »Aber wir kommen da eh nicht rein.«

Wir hatten dort mal Ärger mit den Türstehern gehabt, aber die gab es nicht mehr. Ich war überzeugt, dass wir einfach zu normal, zu blöd aussahen, um durch die Tür zu kommen. Ich hatte nur ein T-Shirt und eine No-Name-Jeans. Auf Schüler waren sie dort nicht so richtig wild.

Rudi atmete entspannt ein und aus, ehe er antwortete. »Ihr

kommt rein. Ihr fragt Erik. Er steht an der Tür. Er lässt euch hoch. Erik ist in Ordnung. Grüßt ihn von mir.«

Er deutete auf Moes Jacke, die sich gut gefüllt mit dem Beutel Gras vorwölbte.

»Klar, wir grüßen ihn recht herzlich von dir«, sagte Moe. »Erik muss ein Mann sein, der weiß, was gut ist.«

»Er ist ab elf da«, sagte Rudi. »Geht direkt zu ihm. Stellt euch nicht in der Schlange an. Sprecht nicht mit anderen Türstehern. Grüßt ihn von mir. Und alles wird gut.«

»Es ist so schön draußen«, sagte Moe. »Sommer. Es gibt keinen besseren Sommer als den in Berlin.«

Zwei Sekunden lang dachte ich an die Morgendämmerung über der Elbe. An Jules Haare, wie sie im Wind flogen. An die Sinfonie der Stadt an den Landungsbrücken.

»Wo bist du?«, fragte Moe.

»Ich bin hier«, sagte ich.

Und spürte Rudis Blick auf mir ruhen. *Sei nett zu ihr.* Er verabschiedete sich vor der Bäckerei von uns.

Wir holten Moes Fahrrad und fuhren den Landwehrkanal entlang zurück nach Kreuzberg, Moe saß wieder auf der Lenkstange.

»Fahr zur Oranienstraße«, sagte sie. »Ich wohne kurz vor dem Heinrichplatz, über einem Wettbüro. Mein Fenster hat blaue Vorhänge. Aber vorher gehen wir noch zu Lidl.«

Sie kaufte unheimlich viel. Als hätte sie seit Wochen nichts gegessen. Kekse, Schokolade, Äpfel, Erdbeeren, zwei Wassermelonen, Aprikosen. Eier, Milch, Käse.

Ich spielte in der Zeit mit ihrem Handy herum, um den Lidl-Sound aufzunehmen. Das Piepen in der Brotabteilung, wenn die Backlinge fertig waren. Es hörte sich an wie das Weinen kleiner Kinder. Die Handygespräche der Männer, die noch mal zu Hause anriefen: »Was für einen Essig meinst du denn, hier gibt es drei verschiedene Sorten!« Dann kam der Mann mit der Reinigungsmaschine durch. Sie gab ein feindseliges Schlürfen und Wimmern von sich. Vor dem Kassenbereich ertönte die Lautsprecherdurchsage: »Wir öffnen Kasse drei für Sie! Bitte legen Sie die Waren auf das Warenband. Wir öffnen Kasse drei für Sie.« Ich war bald wieder richtig eingestimmt in die Berliner Lidl-Trance.

Moe und ich suchten die Butter, das Olivenöl, den schwarzen Pfeffer und fuhren mit dem Einkaufswagen rasant den Gang hinunter, bis der Wachschutzmann uns zur Ordnung rief. In diesen Minuten war es, als wären wir nie getrennt gewesen. Wenn wir uns ansahen, kannten wir uns in- und auswendig. Ich erinnerte mich, wie lange ich damals gebraucht hatte, bis ich ihre Hand zum ersten Mal anfasste. Sie hatte die tollsten Finger der Welt, immer noch. Schlank und empfindlich. Und vor allem: Moe strahlte heute über das ganze Gesicht. Sie leuchtete von innen.

»Mehl, ich brauche noch Mehl. Heute mache ich einen Kuchen für uns. Obstkuchen.«

Ich trug ihre Taschen durch die Adalbertstraße, Moe ging voraus im Gedränge der Oranienstraße. Der 29er-Bus schlängelte sich an den Autos vorbei, die in zweiter Reihe standen, ein ständiges Hupen, Gasgeben im ersten Gang. Fahrräder wischten vorbei. Handyklingeln, Gesprächsfetzen. Ein Kreuzberger Sommertag.

Vor ihrem Haus fragte ich: »Kann ich noch mit hochkommen?«

Moe stellte sich auf die Zehenspitzen und küsste mich auf die Wange. »Du bist echt süß. Na klar kommst du mit hoch.«

»Nenn mich nicht süß«, sagte ich und dachte an Jule. Im selben Moment hatte ich ein schlechtes Gewissen. Und dann trug ich die Tüten hoch in Moes Wohnung.

19. KAPITEL

Kaum waren wir oben, fing Moe an, hektisch aufzuräumen. Dabei sah es nur in der Küche richtig übel aus. Ihr Zimmer war hübsch. Die hellblauen Vorhänge bewegten sich im Sommerwind. Der Straßenlärm von draußen schwappte in unregelmäßigen Intervallen in den Raum. Moe raffte einen Schwung Hosen, Leggings, Pullover, Tops, Shorts von ihrem Bett und warf sie auf die Kleiderstange, die ohnehin schon unter der Last der tausend aufgereihten Klamotten ächzte. Darunter standen siebzehn verschiedene Paare Sneakers, Stiefel, Sandalen, Hausschuhe, in der Ecke sogar Moonboots für kalte Tage.

An der Wand über dem Schreibtisch hingen Ausschnitte von ästhetischen Werbefotografien, auf denen Frauen, abgewendet vom Betrachter, verträumt ihre Kleidung richteten. Das goldene Gegenlicht betonte den schönen Schwung ihres Halses. Daneben Bilder aus dem Fotoautomaten vom Kotti, allein, zu zweit, zu dritt. Eine Bilderreihe zeigte Moe und Kaya. Eine trockene schwarze Rose steckte darunter in der Tapete.

Moe klapperte in der Küche. Ich sah mir das Foto näher an. Sie sahen beide total ausgelassen aus. Sie schnitten Grimassen. Kaya noch übermütiger als Moe, das war immer so gewesen. Kaya liebte den großen Auftritt. Wenn sie in die U-Bahn kam, drehten sich immer alle Köpfe zu ihr. Im Club, in der Klasse, selbst im Supermarkt, überall war es dasselbe.

»Komm bloß nicht in die Küche«, sagte Moe halblaut, und ich ging natürlich sofort rüber.

Die Spüle quoll über von benutztem Geschirr. Teller, Tassen, gefärbte Gläser, Müslischalen. Holzbretter, in die irgendetwas Ungutes eingetrocknet war. »Das Problem kenne ich«, sagte ich. »Da hilft nur eins. Verkrustete Strukturen aufbrechen.«

»Dann mach mal«, sagte Moe und drückte mir einen Spülschwamm in die Hand.

Die Küche ging auf den Hinterhof hinaus. Der lag ganz still da, als wären wir aus der Welt gefallen.

»Seit wann wohnst du hier?«

»Seit einem Monat. Ich habe es zu Hause nicht mehr ausgehalten, und als Ronja eine Mitbewohnerin gesucht hat, habe ich sofort zugesagt.«

»Was macht diese Ronja so?«

»Studiert Modedesign. Sie ist Miss Perfect. Hübsch, intelligent, tolle Zähne, reiche Eltern, macht Ballett, lernt Chinesisch.«

»Jaja, schon gut«, sagte ich.

»Sie ist eigentlich nie da, weil wir keine Waschmaschine haben – deshalb muss sie ihre Sachen dauernd bei ihren Eltern in Friedenau waschen.«

»Spülmaschine habt ihr auch nicht«, sagte ich und arbeitete mich in den Geschirrberg hinein.

»Ronja hat sich auch schon beschwert. Sie findet diese ungespülten Sachen eklig. So etwas kennt sie von zu Hause nicht. Da sorgt die ukrainische Haushälterin für Ordnung, sagt sie.«

Moe kramte Schüssel und Backformen für den Kuchen heraus. Ihre Hände arbeiteten wie auf Autopilot. Sie schlug Eier auf, maß Mehl ab, schnitt Butter hinzu, hackte Schokolade klein. Ihr Gesicht war ganz konzentriert, manchmal leckte sie sich die Finger verstohlen ab, und ich tat, als hätte ich es nicht bemerkt.

Wir taten beide so, als wäre nichts. Und waren beide unsicher, weil wir nicht wussten, was jetzt passieren würde. Mir kam es vor, als wäre ich viel länger weg gewesen als diese drei Wochen. Was Moe betraf, waren es eher drei Monate, drei Jahre. Kannte ich sie noch? Wen hatte ich denn vorher gekannt? Sie war schüchtern gewesen, ruhig und vorsichtig, und hinter dieser Fassade voller Liebe. Jetzt wirkte sie vor allem panisch. Als könnte jeder Schritt, den sie tat, unwiderruflich falsch sein.

Ich kannte wieder ihre Augen, ihre Stimme, den kleinen Leberfleck hinter ihrem Ohr (als wir in der Hängematte lagen, hatte ich ihn wiederentdeckt). Aber was wusste ich sonst von ihr? *Sei nett zu ihr.*

Wir setzten uns auf das Fensterbrett ihres Zimmers, während der Kuchen im Ofen war. Moe rauchte und ließ ein Bein über der Straße baumeln.

Unten kam der Radfahrer mit der Trillerpfeife und dem Megafon. Er fuhr seit Jahren an fast jedem Abend durch die Oranienstraße, um für das Wahlrecht von türkischen Kreuzbergern zu werben. Er hatte seine Mission, jeder mochte ihn, vor allem weil der Lärm, den er machte, echt beeindruckend war.

»Hab ihn schon vermisst«, sagte ich.

»Hab dich auch vermisst«, sagte Moe. Sie sah mich dabei nicht an, sondern blies den Zigarettenrauch wie nebenher zur Seite.

»Jetzt bin ich ja wieder hier. Bei dir. Aber ich finde mich nicht zurecht. Kreuzberg, Heinrichplatz, Oranienstraße, es ist alles wieder da. Und gleichzeitig ist es wie ein Traum. Ich muss Jule finden, sie ist nur wegen mir nach Berlin gekommen.«

»Mit der du auf dem Güterbahnhof warst? Ich hab euch dann weggehen sehen. Bist du mit ihr zusammen?«

»Weiß nicht.«

Sie spielte mit ihrem Fuß an meinen Füßen. Stupste sie an, fühlte an ihnen herum.

»Wie, *weiß nicht*, das gibt's nicht. Das ist Jungsquark.«

»Als wir in der Hängematte lagen, da habe ich dich wirklich wiedererkannt«, sagte ich. »Vorher, in Moabit, im Keller vom Güterbahnhof, da warst du mir fremd, total verändert.«

»Ich hab dich sofort erkannt«, sagte Moe. »Aber dann hatte ich Angst, dass ich mich irre. Ich weiß manchmal selbst nicht, was ich wahrnehme. In welcher Realität ich mich grad befinde. Manchmal komme ich auch mit den Drogen durcheinander, dann rutsche ich in Nebenwelten ab, sehe Gesichter, die ich seit meiner Kindheit nicht mehr gesehen habe. Ich hatte Angst, dass ich in einer Parallelwelt herumirre. Dass du dich auflöst wie ein Geist, wenn ich die Hand nach dir ausstrecke.«

Ich streckte meine Hand aus, sie gab mir ihre. Unsere Hände waren wirklich. Spielten miteinander, kannten sich noch, lernten sich neu kennen. Die Berührung floss durch meine Handflächen in mich hinein. Unsere Hände glitten die Arme hinauf, wir beugten uns vor, küssten uns. Genau unter uns hupte ein Auto, wir wären vor Schreck beinahe vom Fensterbrett gefallen.

Dann klingelte der Küchenwecker für den Kuchen.

Wir holten ihn aus dem Backofen.

»Ich sterbe vor Hunger«, sagte ich.

Die Hitze aus dem Backofen schlug uns entgegen, als wir nebeneinander dort knieten, unsere Schultern berührten sich.

»Ich will duschen«, sagte Moe. »Lass den Kuchen abkühlen. Iss ein Müsli oder irgendwas. Ich bin gleich zurück.«

Ich lieh mir ihr Handy, um meine Mutter anzurufen. »Wollte bloß Bescheid sagen, dass alles in Ordnung ist. Nicht dass ihr euch Sorgen macht.«

»Wolltest du nicht gestern gleich wiederkommen? Wir haben noch auf dich gewartet. Dein Vater ist schon wieder enttäuscht von deinem Verhalten. Hast du dich von dieser Jule verabschiedet?«

»Ja.«

»Und wo bist du jetzt?«

»Bei Moe.«

»Ach so«, sagte meine Mutter. »Lennart, das ist ja schön, dass du dich mit den Mädchen gut verstehst, aber ich finde, du solltest dich etwas mehr für deine Zukunft interessieren.«

»Ja, Mama«, sagte ich.

»Wann kommst du denn nun nach Hause?«

»Also, heute Nacht sieht es eher schlecht aus«, sagte ich. »Deshalb rufe ich ja an. Es ist etwas dazwischengekommen, von dem ich nicht wusste, dass es sich so ergeben würde. Verstehst du?«

»Lennart, du bist doch vorsichtig, oder? Ihr nehmt doch ein Gummi oder so?«

»Ja, Mama«, sagte ich und legte dann auf.

Moe war schon fertig. Ich sah sie vom Bad in ihr Zimmer laufen, und als ich zu ihr kam, lag sie in ihrem Bett. Draußen war die Sonne untergegangen, die Wärme des Tages stand noch weich und mächtig in der Wohnung, und ich wusste, Moe war unter den Laken nackt.

20. KAPITEL

Vor dem *Berghain* standen mehr als zweihundert Leute an, die Schlange zog sich über den öden Vorplatz bis zur Straße hin. Einige der Leute sahen jetzt schon erschöpft aus. Wir gingen an ihnen vorbei, ich hatte ein komisches Gefühl. Ich erinnerte mich nur zu gut an Klitschko und Eddie, die vor einem knappen Jahr hier die Tür gemacht hatten, und nebenher noch andere Deals. Damals hatte ich eine blanke Faust ins Gesicht bekommen, und ich konnte immer noch Eddies dreckige Lache dazu hören. Eddie hatte immer eine kindliche Freude daran, wenn jemand verprügelt wurde. Jemand anders, nicht er. Klitschko saß seit einigen Monaten im Gefängnis, ich hatte selbst gegen ihn ausgesagt, doch was war eigentlich aus Eddie geworden? Würden seine Kollegen mich wiedererkennen? Würde dieser Erik wirklich so kooperativ sein, wie Rudi uns das versprochen hatte?

Moe und ich gingen an der Schlange entlang. Einige der Leute wollten uns zurückhalten: »Hey, anstellen wie alle anderen auch! Was soll das denn werden? Seid ihr was Besseres?« Wir beachteten sie nicht, was sie noch wütender machte. Moe fragte einen Türsteher nach Erik, der wies auf einen sehnigen Zwei-Meter-Mann, wir gingen zu ihm weiter. Erik freute sich über die Grüße von Rudi und mehr noch über die Tüte Gras, die Moe ihm ohne großes Aufsehen weiterreichte.

»Hast du Bulgur gesehen?«

»Wer ist Bulgur?«

»DJ Evil.«

»Ah, Bulgur!« Er lachte. »Der ist oben in der *Panorama Bar*. Ihr könnt kurz hochgehen. Aber nur kurz. Wenn ihr in einer Viertelstunde nicht zurück seid, dann hole ich euch.«

»Wir sind gleich wieder da, versprochen.«

Er machte seinen Kollegen ein Zeichen, wir konnten vorbeischlüpfen, mussten nichts zahlen, wurden nicht kontrolliert. Eine halbe Sekunde lang kam ich mir wichtig vor, Moe grinste auch. Die Musik, die vom großen Saal auf uns einschlug, war so laut und hart, dass wir die Schultern hochzogen. Wir liefen gleich weiter, die Treppen hoch zur *Panorama Bar*.

Ich war lange nicht mehr dort gewesen, überhaupt erst das dritte Mal, aber es kam mir so vor, als wären immer die gleichen Leute da. Die gleichen ausgemergelten Gesichter. Die üblichen überkrassen Klamotten zwischen Nerdcore und Drag Bitch. Oder eben gar keine Kleider, sondern nur ein schweißnasser nackter Oberkörper mit sorgsam ausdefinierter Brustmuskulatur. Schwarze Lederhose. Jede Szene hatte hier ihre eigene Ecke, ihr Revier.

Ganz vorn standen natürlich die Dealer, nicht zu übersehen. Jeder, der frisch reinkam, wurde von ihnen kurz gescannt, ob er was nötig und wenn ja, ob er die entsprechende Kohle dafür hätte. Wir waren viel zu jung für sie, deshalb grinste uns keiner an.

Neben ihnen standen die Nerds, die Musiksüchtigen, die

Bass-Zombies. Sie klebten wie ein dichter Klumpen Fliegen am Pult des DJ. Vielleicht sollte man lieber Kanzel sagen. Denn in der *Panorama Bar* werden die DJs als Götter angehimmelt. Sie haben eine ihnen völlig ergebene Gemeinde, die aus dem Nicken gar nicht herauskommt. Der DJ, der jetzt am Drücker war, spielte ein Set German Minimal. Geniale Modulation, aber, was mich betraf, etwas weltfremd.

Ebenfalls am DJ-Pult, zwei Schritte weiter, wenn man durchkam, der nächste Club der Eingeweihten: das Grüppchen der anderen DJs. Sie hörten zu, konnten etwas lernen, schnalzten mit der Zunge und vollzogen untereinander komplexe Handbegrüßungsrituale oder ignorierten sich. Hütchen, Käppi, Glatze, Ohrring.

Bulgur war nicht dabei. Das wunderte mich überhaupt nicht, er hatte sie immer verachtet. Für ihn waren sie nicht Underground, sondern Mainstream, die ganze Berghain-Posse hielt er für Weicheier, die den wahren Geist des Techno längst verraten und verkauft hatten. Sie hatten einen Abzockladen für Touristen aus dem ehemaligen Tempel des wahren Techno gemacht. Und die Touristen waren natürlich auch da, sehr viele aus Spanien und Italien. Sie wogten auf der kleinen Tanzfläche hin und her. Die Hälfte von ihnen feierte, weil sie überhaupt reingekommen war.

Im Winkel zwischen DJ-Pult und Fensterreihe tanzten die Marathonraver, und ich vermutete, dass sie schon seit zehn oder zwölf Stunden tanzten. Es war ein medizinisches Wunder, dass sie sich überhaupt noch auf den Beinen halten konnten. Abgesehen davon tanzten sie wirklich genial. Schwerelos. Ein einziger Flow. Ihre Gesten und Bewegungen verschmolzen mit der stetig pulsierenden Musik, mit den flirrenden Beats, sie antworteten auf die sanftesten Rhythmuswechsel, vor allem aber aufeinander. Elf oder zwölf Leute waren es, sie bewegten sich in inniger Nähe, sie ließen ihre Körper mit der Musik spielen wie kraftvolle, aber behutsame Tiere.

An der Fensterseite saßen die fertigen Raver. Erschöpft, verausgabt, vollkommen erledigt. Sie vegetierten im Grenzbereich zwischen Leben und Tod dahin. Einige stierten mit glasigem Blick auf die Tanzfläche. Wer noch die Kraft hatte, die Hand zum Mund zu führen, rauchte eine Zigarette oder einen Joint. Hinten schliefen auch einige, zusammengerollt wie Kinder in zu großen Klamotten. Der Lärm machte ihnen nichts mehr aus. Lärm? Herr, vergib mir. Dieser Mensch am Pult hatte ein Hammer-Set am Start. Der Klang einer reinen Seele aus Bremen.

Kurz vor der Ecke zur letzten Wand saßen die Kiffer, unglaublich breit, sie bewegten sich, wenn überhaupt, langsam wie urzeitliche Echsen. Daneben die Pillenfresser, die eine Pille zu viel eingeworfen hatten und jetzt nicht wussten, ob sie jemals wieder den Weg zurück finden würden. Manche studierten die Fugen des Fensterbretts. Andere waren versunken in die Betrachtung des Wachstums ihrer Fingernägel und knirschten dabei ununterbrochen mit den Zähnen. Ganz in der Ecke: der japanische Architekturstudent. Blondierte Haare, Brille. Er war immer da, auch wenn man nicht wusste, ob es immer dieselbe Person war.

An der Bar: die supertolle Frau, die genau wusste, dass sie heute hier die Allerschönste war. Zehn Meter von ihr entfernt der tollste Typ, der sie mit allen Mitteln zu ignorieren versuchte. Klappte natürlich nicht, weil sie auch ihre Mittel und Wege hatte, um seine Aufmerksamkeit zu generieren. Die Haare ständig über die Schulter werfen. Den Drink verschütten und dazu einen verwundert runden Mädchenmund machen.

Dazwischen eine Geburtstagspartytruppe, die schon völlig betrunken gekommen war und trotzdem immer weiter trank.

An der Ecke, auf einem sicheren Barhocker, von dem aus sie das Feld überblicken konnte: die Techno-Oma, die schon dabei gewesen war, als die erste Loveparade über den Kurfürstendamm zog, und seitdem mit dem wissenden Lächeln und dem Kettenrauchen nicht mehr aufgehört hatte.

Aufgereiht neben ihr die Laberer und Schwätzer, die sich gegenseitig das Ohr abkauten, man hörte ihre auf- und abschwellenden Stimmen, die im immer gleichen Rhythmus *rharbarber rharbarber rharbarber rharbarber* die Musik zu übertönen versuchten.

Das also war die *Panorama Bar*, aber wo war Bulgur?

»Er ist nicht da«, schrie Moe in mein Ohr, und ich nickte und kam mir bescheuert vor. Ich hatte Lust, zu tanzen, die Musik war wirklich gut. In die sphärischen Celloklänge hatte sich eben ein vielversprechender Groove aus nordindischen Tablas eingemischt. Wieso nicht einfach tanzen und die ganze Sache eine Zeit lang auf sich beruhen lassen? In zehn Stunden würde ich wieder darauf zurückkommen.

»Komm jetzt!« Moe riss an meinen Ärmeln, und einige Köpfe drehten sich irritiert zu uns um, wir brachten hier offensichtlich ungute Vibrations rein.

»Warte«, sagte ich und lächelte sie breit an. »Hörst du das hier? Das ist nicht normal. Das ist richtig, richtig gut!«

Während ich das sagte, nickte ich schon. Und ich wusste es wieder: Es gibt es eine Welt jenseits der notorischen Hasser, und es gibt eine Art von Musik, die dich hinbringt. Ich war schon auf dem Floor und ließ mich in den Wellness-Tank der kollektiven Tanzmeditation hineingleiten.

»Alter, ich glaub, es hackt«, schrie Moe, und sie entwickelte einiges an Kraft, als sie mich aus dem Pulk der versonnen lächelnden Italienerinnen wieder herausfischte. »Wir haben was zu tun. Wir suchen Bulgur. Wir sind nicht zum Spaß hier!«

»Chill mal«, sagte ich. »Diese Musik ist großartig, daran kann man nicht einfach vorbeigehen.«

Doch dann sah ich in ihre Augen und wusste, dass es noch eine sehr lange Nacht werden würde.

»Du gehst auf den Toiletten nachschauen«, sagte Moe. »Ich tu mir das nicht an.«

»Bitte nicht. Ich hasse diese Toiletten.« Bei meinem ersten Besuch war ich nichts ahnend hingegangen, obwohl sie seit Jahren in der ganzen Stadt berüchtigt waren. Ich war nach fünf Minuten wiedergekommen und hatte die nächsten drei Wochen die übelsten Albträume von diesen Toiletten gehabt.

»Es muss sein. Er ist hier irgendwo. Oder jemand, der ihn gesehen hat. Los!«

Und ich ging. Es dauerte eine Weile, bis meine Augen sich an die Dunkelheit gewöhnt hatten. Meine Nase gewöhnte sich jedenfalls nicht an den beißenden Geruch.

Viel hatte sich nicht verändert. Eine Vierergruppe quetschte sich in eine Kabine. Ihre Umarmungen und Verrenkungen ähnelten mehr einem postmodernen Tanzstück, das die Wohnungsnot junger Leute anprangerte. Ein anderer Typ kroch auf allen vieren über den Boden und tastete herum, als suchte er nach seinen Kontaktlinsen. Eine ätherische Frau tanzte mit weit ausgebreiteten Armen. Sie hatte ihr Feenreich gefunden. In der nächsten Kabine saß ein schwerleibiger, schweißüberströmter Mann auf der Klobrille, schrie wie am Spieß und riss sich mit beiden Händen die Haare aus.

So ging es weiter, ich kam schnell zurück zu Moe. »Bulgur ist da nicht. Ich will hier weg.«

Wir gingen wieder runter zu Erik. Er entließ einen hauchdünnen Rauchfaden aus seinem Mund und starrte auf seinen Joint.

»Regt euch nicht auf. Wenn Bulgur nicht mehr oben ist, dann müsste er schon losgegangen sein. Er legt sicher heute Nacht irgendwo auf. Ich rufe mal jemanden an.«

Und nach seinem Anruf sagte er: »Schöneberg, irgendwo unter dem Innsbrucker Platz. Da soll es einen stillgelegten Bahnhof geben.«

21. KAPITEL

Wir gingen zurück zum Ostbahnhof und nahmen die nächste S-Bahn bis Ostkreuz. Auf dem Bahnsteig standen Gruppen von aufgeregten Schülern und Erasmusstudenten mit Bierflaschen. Sie redeten über ihre nächsten Ziele in dieser Nacht.

»I think we should go to RAW-Gelände«, sagte einer mit finnischem Akzent.

»Nein, bloß nicht, da wirst du nur abgezockt, außerdem sind da nur noch Touristen«, antwortete der Junge neben ihm.

Der Finne schaute ihn verständnislos an.

Ein Mädchen mit abgeschnittener Jeans sagte: »Neulich haben sie da eine Freundin von mir überfallen.«

Und ein anderer meinte: »Die überfallen da dauernd jemanden, passt bloß auf. Die tanzen dich an, tun total nett, umarmen dich, als ob sie besoffen wären, und dann ist deine Geldbörse weg, dein iPhone weg, und wenn du dich beschwerst oder sie festhalten willst, dann kommen ihre Freunde, die schon auf der Straßenseite gegenüber warten. Und die bringen ihre Baseballschläger mit.«

»Komm, das sind Horrormärchen, da ist es trotzdem cool«, sagte wieder ein anderer.

Wir gingen an ihnen vorbei, und ich beneidete sie. Früher hatten wir uns auch Horrorgeschichten erzählt, hatten Orte ausgetauscht, an denen es noch gefährlicher, noch krasser, noch unheimlicher wäre. Natürlich sind wir dann trotzdem hingegangen. Trotzdem? Genau deswegen. Früher. Ich kam mir so alt vor.

Niemand von uns war oft in Schöneberg gewesen, von den Canisius-Schülern abgesehen, die sich nachmittags am Winterfeldtplatz trafen. Im *Slumberland.* Annika hatte mir mal mit leuchtenden Augen davon erzählt. Sie fand es großartig dort, weil der Boden mit weißem Sand ausgelegt war. »Echter Sand!«

Aber sonst – Schöneberg? Das war früher mal ein cooles Viertel, als unsere Eltern noch jung waren. In der *Turbine Rosenheim* legten die ersten Techno-Leute auf. Es nervte die meisten. Sie hassten die rerererererrepetitititititittiven Sachen, die Jungs hörten sofort auf zu tanzen, nur die Schwulen und die Frauen blieben auf der Tanzfläche und bewegten sich einfach weiter, egal wie rerererepepepepepepetitiv das nun war. Wir kannten nur einen einzigen Ort in Schöneberg, und wir waren so ziemlich die Einzigen, die ihn kannten.

»Hauptstraße, unten am Innsbrucker Platz, der vergessene Bahnhof«, sagte Moe. »Weißt du noch?«

Ich nickte. Chris hatte uns vor ein paar Monaten drauf gebracht, seine Freunde am Rückert-Gymnasium hatten behauptet, unter dem Innsbrucker Platz gäbe es einen geheimen U-Bahnhof, der fertiggestellt, aber nie benutzt worden war. Chris hatte davon erzählt, als wir in Bulgurs Wohnung Musik hörten, Bulgur war aufmerksam geworden und hatte sich um den Rest gekümmert. Zugangswege. Schlüssel für Notausgänge. Schon damals hatte er seine Leute für spezielle Aufträge.

Die S-Bahn kam, wir waren die Einzigen, die einstiegen. Die Schüler und Studenten warteten auf die Bahn zur Warschauer Straße.

Das Licht im Waggon flackerte, erlosch für zwei Sekunden, sprang wieder an, der berühmte Dreiklang der Türen ertönte: *tief hoch tief.* Kein Geräusch hören die Berliner, die regelmäßig S-Bahn fahren, öfter in ihrem Leben. Paul Kalkbrenner hat mal einen Track daraus gemacht.

Die Bahn zog ordentlich an, hielt an der Sonnenallee, dann im Bahnhof Neukölln, dort stiegen vier Leute zu und setzten sich ans andere Ende des Wagens. Seltsam weiße Gesichter, aber sie verhielten sich ruhig. Als die Bahn am Tempelhofer Feld entlangfuhr, fiel das Licht für längere Zeit aus, und wir sahen das dunkle Flugfeld an uns vorbeiziehen. Nachts war dort nichts los. Sagte man jedenfalls. Alles abgesperrt und verlassen. Sagte man. Neuerdings waren am Rand einige Flüchtlingsunterkünfte eingerichtet, in den Containern brannten noch ein paar Glühbirnen, und draußen saßen ein paar Männer um ein Lagerfeuer herum.

Moe sagte nichts, sie sah nur aus dem Fenster. Ich legte meine Hand auf ihre Schulter, sie wich aus.

»Woran denkst du?«, fragte ich.

»An deine Freundin, diese Jule«, sagte sie.

Ich nahm meine Hand weg. Das Licht im Abteil sprang wieder an, diesmal saßen die vier Leute in der Mitte des Wagens und blickten starr zu uns herüber. Echt extrem blasse Gesichter.

»Alles klar?«, fragte ich.

Einer hob seine Flasche in unsere Richtung, als prostete er uns zu. Harmlose Wodkazombies.

»Du hast sie nach Berlin gebracht«, sagte Moe. »Sie wollte zurück nach Hamburg, hast du erzählt. Oder? Und am Lausitzer Platz werdet ihr abgefangen, und sie wird entführt. Wie krank ist das denn?«

Ich nickte. »Ich habe sie noch gesucht, weil ich es selbst nicht fassen konnte. Aber dann bin ich zu Stevens Wohnung gegangen, wo wir uns getroffen haben.«

Moe stand weiterhin an der S-Bahn-Tür, jetzt spiegelte die Scheibe nur unsere Silhouetten. Wir standen nah beieinander, doch das sah nur so aus.

»Du hast sie verloren und ziehst den ganzen Tag mit mir herum. Das verstehe ich nicht. Echt nicht. Wirklich nicht.«

»Was sollte ich denn tun? Die Polizei rufen? Was soll ich denen dann erzählen: Ich glaube, mein ehemaliger DJ-Freund hat sie entführen lassen?«

Moe starrte weiter hinaus. Die S-Bahn kreuzte jetzt den Tempelhofer Damm, die ersten Straßenzüge tauchten wieder auf. Die Wohnungen waren dunkel. Tempelhof schlief. Tempelhof schlief eigentlich immer, ob am Tag oder in der Nacht, hier war nie was los.

»Was hätte ich denn tun sollen?«, fragte ich wieder. Mein schlechtes Gewissen tickte wie kleine Hämmer gegen die Innenseiten meines Schädels. Wie vor ein paar Wochen im Hamburger Hauptbahnhof. Weshalb hatte ich damals ein schlechtes Gewissen? Wegen Moe, wegen Kaya?

»Ich weiß es doch selbst nicht«, sagte Moe und drehte sich zu mir um. »Aber du rennst den ganzen Tag mit mir herum, als wäre alles in Butter. Ist es aber nicht. Deine Freundin ist weg, und sie macht sich, selbst wenn sie ihr nichts tun, bestimmt in die Hose vor Angst. Würde ich auch. Würdest du auch!«

Ich nickte. Die Hämmer tickten.

»Sorry«, sagte ich.

»Sag ihr das mal«, erwiderte Moe.

Wir waren die Einzigen, die am Innsbrucker Platz ausstiegen. Der Bahnhof lag völlig verlassen da. Wir gingen runter und standen auf der Hauptstraße. Ein paar Autos kamen vorbei und suchten hektisch die richtige Auffahrt zur Stadtautobahn. Eine kalte, unfreundliche Gegend. Auf der Stadtautobahn herrscht ständig Verkehr. Doch der Innsbrucker Platz ist nichts als ein zugiger Ort, den man schnell wieder verlassen will, ein Nicht-Ort. Die Seitenstraßen sind tot. Dies ist das hässliche, arme, heruntergekommene Schöneberg. Hierher verirrt sich das Partyvolk nicht. Die bleiben schön oben am Nollendorfplatz, in der Motzstraße, am Viktoria-Luise-Platz. Hier gibt es keine schicken Restaurants, nur ein paar Döner-Imbisse.

Ich war völlig ratlos. »Wo war denn hier der Eingang?«

Wir liefen zwei Gestalten hinterher, die in eine Seitenstraße einbogen, und folgten ihnen, bis sie in einem Hauseingang verschwanden.

»Im Eingangsbereich zur U-Bahn gibt es einen Supermarkt mit einer Seitentür, die hinunterführt«, sagte Moe. »Aber der ist jetzt natürlich zu.«

Ich erinnerte mich jetzt auch wieder: »Der Notausstieg ist der Einstieg.«

»Toll«, sagte Moe. »Solche Sprüche liebe ich. Der Ausstieg ist dein Einstieg. Kenne deine Grenzen. Bitte, so wird dir geholfen. Die Letzten werden die Ersten sein.«

»Das Ohr ist die Antenne des Gehirns«, sagte ich. Schlaue Sprüche waren mal mein Metier. Ich hatte mir ein paar Schlaumeiersprüche zurechtgelegt, um auf Partys immer cool rüberzukommen. »Das Ohr ist der Teil des Gehirns, der in die Welt hinausreicht, immer auf Empfang und nach schwingenden Informationen tastend.«

»Ja«, sagte Moe. »Dann taste mal.«

Wir gingen zurück zum Innsbrucker Platz. Wir horchten. Wir liefen über die Straße in Richtung Stadtautobahn, und dann, an der Ecke zum Sportplatz, nahm ich den Anflug einer Bassline wahr. Den Hauch einer schweren Bassline. Man hörte sie eigentlich nicht, man nahm eher ein unbestimmtes Vibrieren wahr. Ein dunkler Schalldruck, der mehr den empfindlichen Bauchraum als das hellhörige Ohr ansprach. Ich sah Moe an. Sie nickte. Dann fielen uns auch die beiden Jungen auf, die am Ende der Sackgasse standen, die Köpfe unter Kapuzen verborgen. Zu ihren Füßen eine Eisenklappe. Die beiden Kapuzenjungen taten völlig unbeteiligt, sie redeten miteinander, lachten leise. Vom Fußweg am anderen Ende der Sackgasse kamen drei Leute und blieben an der Eisenklappe stehen. Man redete. Dann kletterten die drei Leute hinein. Die Kapuzenjungen blieben stehen. Jetzt schauten sie in unsere Richtung.

»Hier ist es«, sagte Moe. »Weiter komme ich nicht mit. Ich habe dir versprochen, dass ich dich zu Bulgur bringe, und hier wirst du ihn finden. Ich hoffe, du findest auch deine Freundin.«

»Sie ist nicht meine Freundin«, sagte ich.

»Klar ist sie das. Red dich nicht raus, das hasse ich.« Moe sah mich mit einem offenen, wilden Blick an. »Du kapierst es nicht, Lennart. Du hörst nicht zu. Du bist nur in deine Sachen verstrickt, du hörst nur das, was du hören willst. Aber wenn dich jemand ruft, dich wirklich braucht, dann hörst du nichts. Nichts!«

»Ich habe dich doch gehört in meinen Hamburger Nächten«, sagte ich. »Deine Stimme. Du hast nach mir gerufen.«

»Ja, das habe ich. Das habe ich wirklich. Nacht für Nacht, allein in meinem Bett in der Oranienstraße. Und auf Kayas Beerdigung. Wo warst du da? Sie war auch deine Freundin. Wo warst du? Chris ist gekommen, ich war da. Und du warst nicht da, Steven war nicht da, Bulgur war nicht da, ihr alle wart mit euren Sachen beschäftigt. Auf die beiden anderen konnte ich verzichten. Auf dich nicht.«

»Ich habe es nicht gewusst«, sagte ich. »Was ist los mit dir? Wir lernen uns doch gerade wieder kennen. Wir waren uns doch nah heute. In der Hängematte. Bei dir.« Du hast meinen Rücken zerkratzt, dachte ich, doch das ließ ich lieber weg. Ich verstand die Welt nicht mehr. »Was willst du denn?«

»Ich will, dass du nie wieder sagen musst: Ich habe es nicht gewusst«, sagte Moe. Sie stand immer noch vor mir.

Ich wollte weiter zu den Kapuzentypen, die Eisenklappe hinunter, um es hinter mich zu bringen. Ich hatte Angst vor dem, was mir dort unten begegnen könnte, und die Angst machte mich hibbelig. Und Moe stand zwischen dem Abstieg in die Tunnelwelt und steckte grade in einer Wir-müssen-reden-Phase.

»Chill mal«, sagte ich. »Es ist irgendwie alles anders gekommen, als ich gedacht hatte.«

»Dann hör endlich auf zu denken«, sagte sie. »Geh da rein, hol deine Freundin raus und bring sie nach Hamburg. Und Bulgur kannst du einen Tritt in den Hintern geben.«

»Geht klar«, sagte ich und beugte mich zu ihr, um sie zum Abschied zu küssen, aber Moe drehte sich einfach nur um und ging.

22. KAPITEL

Jetzt musste ich alleine zurechtkommen. Ich ging zum Ende der Sackgasse, die Bassline wurde lauter, je näher ich den Kapuzenjungen an der Eisenluke kam. Sie nickten mir zu und machten einen Schritt zur Seite, einer sagte: »Mach hin, wir schließen jetzt, dann kommt keiner mehr rein.«

Der andere lachte und sagte: »Oder raus.«

Ich sagte nichts, sondern kletterte die Eisenkrampen an der Wand hinunter. Es war ein Notausstieg, der in den U-Bahntunnel führte. Ich erinnerte mich vage an einen ähnlichen Schacht, den wir vor einem halben Jahr benutzt hatten, er führte auf ein Abstellgleis. Mein Herz pochte jetzt heftig, aber das lag weniger an der Aufregung als an dem nüchternen Knallen der Beats, die aus der Dunkelheit unter mir kamen. Sie schnellten aus der Tiefe empor, fielen mich an, zogen mich weiter hinunter. Ich kletterte ihnen entgegen, ich wollte endlich Jule finden.

Ein kalter Geruch nach jahrzehntealtem Mörtel schlug mir entgegen, ein Geruch nach Beton, Steinen und Rost. Meine Füße erreichten das Schotterbett, die Steine knarrten unter den Sohlen, wichen zur Seite, ich stieß an eine Schiene. *Pass bloß auf die Stromschiene auf*, dachte ich plötzlich. Obwohl der Strom in der Nacht eigentlich abgestellt wurde, konnte man nie sicher sein. Manche U-Bahn-Strecken wurden auch in der Nacht betrieben, und dort floss Strom.

Über mir fiel die Eisenluke scheppernd zu, mit einem Schlag war es absolut dunkel. Ich streckte die Hände aus, meine Finger tasteten eine Wand, Kabelstränge, Verschalungen.

Ich folgte der Wand. Die Bässe führten mich.

»Jule«, sagte ich in die Dunkelheit hinein.

Niemand hörte mich hier.

Meine Stimme wehte dünn und zittrig in die Finsternis des Tunnels hinein, eher ein Flüstern als ein Ruf.

»Jule, wo bist du?«

Oder meinte ich eigentlich Moe?

Ich ging weiter, es blieb mir nichts anderes übrig. Nach sechs, acht, zehn Schritten blieb ich stehen und lauschte. Die Bässe wummerten weit hinten, wurden manchmal stärker und dann wieder schwächer, sie verebbten wie der massive Herzschlag eines riesigen Tieres, das sich von einem abwendet, weil es gerade keinen Hunger hat.

In solchen Momenten war es total still. Stein schwingt nicht. Schienen und Holzbohlen sind stumm. Ich wusste nicht, wie tief ich im Untergrund war, doch ich kam mir in diesem Augenblick vor wie der einsamste Mensch in Berlin.

Endlich sah ich einen Lichtschein, noch ziemlich weit entfernt. Rötlich, ein Flackern von Kerzen und Teelichtern, die in Marmeladengläsern in einer langen Reihe standen und den Weg wiesen. Ich war froh, dass ich hier nicht allein war, und gleichzeitig hatte ich Schiss. Ich hätte Moe gern neben mir gehabt, und ich fand ihren Abgang immer noch seltsam und unverständlich.

Jetzt beeilte ich mich, die Musik aus der Ferne entwickelte einen deutlichen Sog. Die ersten Kerzen standen in großem Abstand voneinander, doch je näher ich dem toten Bahnhof kam, desto enger standen die Lichter beieinander. Die Bässe verschwanden und machten Platz für ein mystisches Cello-Solo, das sich langsam steigerte, rhythmischer und wilder wurde, bis es in ein Kratzen und Fiepen überging, das kaum auszuhalten war.

Vor mir tauchten drei Silhouetten auf, Schritte auf den Schottersteinen. Glut von Zigaretten. Sie kamen mir entgegen und blieben stehen, ein Kreis von Teelichtern beleuchtete ihre Gesichter. Gestresste Berliner Schülergesichter. Sie waren jünger als ich, fünfzehn vielleicht, höchstens sechzehn, und sahen irgendwie traurig aus. Eine merkwürdige Situation, die ich kannte, aber woher? Hatte ich das schon mal erlebt? Oder geträumt? Ein Déjà-vu?

Einer streckte die Hand aus und hielt mich an der Jacke fest. »Geh da nicht hin. Da ist es echt schlimm.«

»Ich kenne den DJ«, sagte ich. Früher wäre ich superstolz auf den Satz gewesen, jetzt klang er wie das Eingeständnis einer Mitschuld. »Hat er schon den Zahnarztbohrer gebracht?«

Einer der Jungen lachte, ein kurzes und ärgerliches Lachen. »Hoffentlich bist du nicht so krank wie der Typ am Pult. Was der mit den Leuten macht, ist nicht mehr feierlich.«

»Das ist krass«, sagte der zweite. »Echt.«

»Ich suche da ein Mädchen«, sagte ich.

»Die, die du da findest, suchst du garantiert nicht.«

Ihre Antworten klangen so negativ, dass sie mir auf die Nerven gingen.

»Na, dann geht mal nach Hause und zieht euch die Decke übern Kopf«, sagte ich. »Aber die Luke dahinten haben sie zugemacht. Und dunkel ist es da auch.«

Sie gingen an mir vorbei und rempelten mich an. Es war wie eine Einladung, ihnen einen kleinen harten Schlag mitzugeben, um den plötzlichen Stress etwas abzubauen. *Hau ruhig zu, wenn du dich traust. Bist herzlich eingeladen.* Dann wären sie zu dritt auf mich losgegangen, um überhaupt noch was Schönes in dieser Nacht zu erleben.

Aber es passierte nichts. Ihre Schritte verloren sich im Tunnel hinter mir, und ich ließ mich vom einsetzenden Huftrappeln anziehen. Den Sound kannte ich, den hatte ich selbst mal aufgenommen. Dafür war ich zur Galopprennbahn Hoppegarten rausgefahren und hatte mich mit dem Aufnahmegerät an den Rand der Rennbahn gelegt. Ach, meine Klangsammlungen!

Ich hatte Hunderte, Tausende von Sounds für Bulgur gesammelt. Er hatte sie genommen, hatte kurz gelächelt und sie in seine Tracks eingewoben. *Mein Mann der speziellen Töne. Du hast ein Ohr wie niemand sonst. Bleib dran. Gib mir mehr!* Und er hatte immer mehr bekommen, im Grunde mein ganzes Archiv. Als ich dann im Hamburger Hauptbahnhof aufwachte, hatte ich meinen geliebten Field Recorder nicht mehr in der Tasche. Auch er war verloren gegangen, und mit ihm das wahrscheinlich größte und verrückteste Soundarchiv jenseits der institutionellen Sammlungen. Danke, Bulgur, echt: danke. Ich hätte wetten können, dass er sich mein Gerät unter den Nagel gerissen hatte. Ich wollte es wiederhaben. Vor allem aber wollte ich Jule finden und sie nach Hause bringen.

Der Galopp ging über in einen metallhaltigen Groove, durchaus tanzbar.

Ich erreichte die Halle. Sie war wahnsinnig hoch. Anscheinend hatte man mehrere Stockwerke geplant, aber dann die Lust verloren, oder das Geld war ausgegangen. Am Rand waren die Zwischenetagen zu erahnen. Auch die Schächte für Aufzüge und Rolltreppen waren deutlich sichtbar. Das Gleisbett, aber ohne Schienen und ohne Schottersteine, es war der nackte Beton. Dieser Beton warf die Schallwellen ungemindert zurück. Da war nicht nur die Bassline, die fett und schwer an den Wänden entlangkroch, zurückprallte und wiederkam, stärker und rotziger als zuvor, da war ein wahrer wabernder Kosmos an Beats und Kicks, an wimmernden Gitarrenriffs und plötzlichen Drum-Explosionen. Dazwischen Babygelächter in einer Schleife, das in einen Schluckauf überging und von da aus zu einem Wutanfall wurde: Türenschlagen, *Ich hasse euch*, Flaschensplittern.

Ich erkannte die Sequenz, ich hatte sie vor acht Monaten aufgenommen, als meine Eltern beim Soundbasteln hereingekommen waren, und hatte das Band dann einfach mitlaufen lassen. Nicht so angenehm, die eigene, hysterisch übersteigerte Stimme in einem düsteren unterirdischen Bahnhofsrohbau zu hören, während fünfhundert Leute dazu tanzen.

Das DJ-Pult befand sich in einer der Zwischenetagen, weit

über dem Kessel der tanzenden Körper. Das Türenschlagen war immer schneller geworden, wie ein Metronom, das durchdreht, die Leute tanzten wilder, atemloser, und oben, nur von den Funzeln seines CDJ-2000NXS2 angeleuchtet, stand der einsame Meister: DJ Evil. Er reckte nicht den Finger ekstatisch in die Höhe, wenn die Crowd nach mehr verlangte. Oh nein. Nicht Bulgur.

Er nahm einen winzigen Schluck aus dem Glas Wasser, das ihm ehrfurchtsvoll gereicht wurde. Dann nickte er einem seiner Jünger zu, das Amt des Zeremonienmeisters für eine Weile zu übernehmen, und zog sich zurück.

Im selben Moment legten sich zwei Hände auf meine Schultern.

»Er will dich sehen«, sagte eine Stimme in mein Ohr. »Gehen wir.«

23. KAPITEL

Sie führten mich durch zwei schmale Gänge und eine Holztreppe hinunter in einen winzigen Raum. Kahle, nackte Wände. Drei mal drei Meter. Wahrscheinlich war der Raum mal als Abstellkammer konzipiert worden, jetzt diente er als Bulgurs Hauptquartier. Er hatte auch früher auf solchen Rückzugsräumen bestanden, er kürzte es immer englisch ab: *HQ*. Äitsch kjuh.

Hier hatten sie eine alte Decke als Vorhang über die Türöffnung genagelt. Es sah aus nach kleinen Jungs, die Abenteuer spielen. Außerdem hatten sie es geschafft, eine Couch in diesen winzigen Raum hineinzuschieben, eine verrottete Sperrmüllcouch aus einer Schöneberger Seitenstraße.

Auf dem Couchtisch lag der übliche Kram: Aschenbecher, Ladekabel, Laptop, ein kleiner Spiegel, ein paar Dosen und Tütchen, Zigaretten, Tabak, Blättchen, der Feuilletonteil der *Süddeutschen Zeitung*, Kaffeebecher, in denen Kippen schwammen. Zwei Leute saßen lang hingestreckt auf der Couch. Auf eine Geste von Bulgur hin erhoben sie sich, sahen mich dabei genervt an und schlurften hinaus.

Bulgur saß auf einem Hocker und lächelte mich an.

»Du Schlingel«, sagte er.

Ich lächelte zurück. Ich konnte nichts dagegen tun, mein Gesicht verzog sich wie von selbst zu einem erleichterten breiten Lächeln, ich zeigte meine Zähne und spürte, wie ich innerlich schmolz. Ich war einfach nur froh, dass er nicht böse auf mich war. Wenn er mich anlächelte, war er mein Freund.

Er trug eine Mechanikerjacke von *Alpha Industries,* dem Ausstatter der amerikanischen Luftwaffe. Seine schmale Gestalt bekam dadurch ein etwas breiteres Kreuz. Auch die Hosen waren von *Alpha Industries*, vier Taschen an jeder Seite. Er blieb auf seinem Hocker sitzen, gab mir nicht die Hand, zeigte aber auf die jetzt leere Couch wie ein zuvorkommender Gastgeber.

»Setz dich, Lennart. Ist schön, dich zu sehen. Ich habe mir echt Sorgen um dich gemacht. Verschwindest wochenlang, ohne ein Wort zu sagen. Ohne eine Nachricht zu schreiben. Wozu gibt es diesen Handyscheiß? Genau dafür wurde diese ganze Kommunikationstechnologie erfunden. Dann sollte man sie auch so nutzen.«

Ich sah, dass auf dem Couchtisch etwa sieben Smartphones lagen, die meisten dämmerten im Stand-by vor sich hin. Ab und zu kam das mahnende **Pling**, das eine neue Nachricht ankündigte. Bulgur achtete nicht darauf. Er nahm sich eine Zigarette. Zündete sie mit der großspurigen Geste des kleinen Gangsters an; Al Pacino in *Scarface*. Er hatte sich den Film hundert Mal angesehen. Jede Geste von Al Pacino kopiert, die Mimik, das Augenrollen, der müde Blick, wenn die ganze Welt gegen ihn stand und weggeballert werden musste. Wir hatten den Film mehrmals zusammen gesehen, und damals hatte ich gedacht, dass Bulgur es eigentlich nicht nötig hätte. Jetzt kam er mir in seinem Gehabe einfach nur albern vor.

Und trotzdem setzte ich mich gehorsam auf die Couch. Und trotzdem lächelte ich, als fielen Weihnachten und mein Geburtstag auf einen Tag und als hätte ich endlich das Skateboard bekommen, das ich mir so gewünscht hatte.

»Hallo Bulgur«, sagte ich. »Wir geht's dir? Alles gut?« Ich wollte einfach nur irgendwas sagen, um als ebenbürtig zu erscheinen. Ein Gespräch auf Augenhöhe, das schwebte mir vor. Ich war in die weichen und wabbligen Polster der Couch eingesunken und saß sozusagen unter ihm, musste ihn von unten her ansehen. Bulgur hatte vorgesorgt.

Er antwortete nicht, schaute nicht einmal in meine Richtung. Er ignorierte meinen Satz völlig. Rauchte und horchte auf die dunkel dröhnenden Bässe im Bunker. Er hatte ein feines Sensorium dafür, ob alles glattging oder vielleicht schon Polizei anrückte. *Nächtliche Ruhestörung*, wie oft hatten wir das früher gehabt. Auch wenn wir in völlig menschenleeren Gegenden auflegten, in der Kantine eines verlassenen Krankenhauses, im Heizungskeller einer ehemaligen Brauerei, im riesigen Lager des alten Blumenmarktes. Wir hatten im Winter einen unglaublichen *Concrete Rave* in den Ruinen des alten Rüdersdorfer Zementwerks veranstaltet. Die Halle war mindestens zwanzig Meter hoch, und es gab eigentlich keine Tanzfläche, sondern nur einen Berg von Schutt und Gerümpel, aber Bulgur hatte wirklich was daraus gemacht, es wurde zu einer Sternstunde der *Sick Sounds*. Die nächsten Nachbarn wohnten Kilometer entfernt. Und trotzdem standen am Sonntagmorgen um sechs zwei Polizeiwagen am verschlossenen Tor. Sie haben niemanden von uns zu fassen bekommen, wir rannten am anderen Ende raus und verteilten uns auf dem unübersichtlichen Gelände.

Wir saßen da wie früher. Ich sagte nichts, weil er schwieg und ich ihn nicht stören wollte. Er bewegte sich kaum. Erst als die Glut seiner Zigarette einen Fingerknöchel erreichte, schrak er hoch und schüttelte sie panisch ab. Er hatte mit offenen Augen geschlafen. Jetzt war er wach, und er ärgerte sich darüber, dass ich diesen Moment seiner Schwäche mitgekriegt hatte.

»Okay, Lennart, was sitzt du hier rum?«, sagte er. Sein Ton war jetzt nicht mehr nett, nicht einmal ansatzweise, sondern unfreundlich und genervt. »Ich habe einfach nicht die Zeit, mich mit Leuten wie dir auseinanderzusetzen. Mit Schissern, die der Sache schaden. Was willst du also?«

»Deine Jungs haben mich hergebracht. Du wolltest mit mir reden.«

Bulgur trat gegen die Couch und warf einen Aschenbecher in meine Richtung. »Sag du mir nicht, was ich tun will.«

Ich ließ den Aschenbecher an mir vorbeifliegen. Er knallte gegen die Wand und schepperte auf den Boden.

Bulgur hatte sich schnell wieder im Griff. »Okay, Folgendes. Wir haben dieses Mädchen, Jule. Ihr ist nichts passiert, es geht ihr gut. Du kannst sie haben. Fahr mit ihr nach Hamburg zurück. Ich gewähre euch freien Abzug.«

Er machte wieder eine Gangstergeste, und ich fragte mich, aus welchem Film er diesen Spruch vom freien Abzug hatte.

»Okay«, sagte ich. »Super, danke.«

Ich wollte aufstehen. Mir reichte es. Was für ein krankes Spiel zog er hier ab? Dazu hatte er Jule entführen lassen? Um den Spruch mit dem freien Abzug zu bringen? Eine Tasse Kaffee im *Bateau Ivre* am Heinrichplatz wäre ihm wohl zu alltäglich gewesen. Egal, es war nicht mehr mein Problem, ich stand auf.

»Was ist eigentlich los mit dir?«, fragte Bulgur. Diesmal sah er mich an. Seine Stimme war weich. Und er lächelte, als wären wir die besten Freunde.

»Was soll los sein mit mir«, sagte ich. »Ich war in Hamburg. Hab auf dem Fischmarkt gearbeitet. Unten an der Elbe. Gute Stadt.«

Was sollte ich ihm auch erzählen. Er hörte ohnehin nicht zu.

»Danach habe ich nicht gefragt. Was war los, als du hier weggegangen bist? Weißt du, Lennart, gerade von dir hätte ich das nicht gedacht, dass du deine Leute im Stich lässt.«

»Ich weiß nicht, was du meinst«, sagte ich.

»Du weißt nicht, was ich meine«, sagte er und ahmte meinen defensiven Tonfall nach. Seine Laune hatte sich schon wieder rapide verschlechtert. »Setz dich wieder hin, du Vogel. Lass uns das mal bereden. Damit ich das klarkriege. Du warst meine rechte Hand, oder sehe ich das falsch? Ich habe dir vertraut. Du warst in alle Prozesse eingebunden. Kann sein, dass ich dir zu viel Verantwortung übertragen habe. Vielleicht warst du noch nicht so weit. Fakt ist, du hast es versaut. Du hast es richtig übel verbockt. Alle wissen das! Alle. Und sie hassen dich dafür. Am meisten Chris.«

»Wovon redest du?« Ich sah ihm direkt ins Gesicht, und ich war jetzt mindestens genau so wütend wie er. Sein dauerndes

Manipulieren ging mir total gegen den Strich. »Wovon zum Teufel redest du?«

»Wovon ich rede?« Bulgur warf die Hände in die Luft, als erbitte er Beistand von oben. Dann setzte er sich wieder und beugte sich vor, unsere Gesichter berührten einander fast. Er war mir unangenehm nah, doch ich wollte nicht zurückziehen, auch wenn ich jetzt seinen Atem roch, und der stank nach Knoblauch und aufgestauter Wut.

»Ich rede zum Beispiel davon, dass deinetwegen das Konzert im Wartungskeller zum Desaster geworden ist. Deinetwegen, Lennart.«

»Ich kann mich nicht daran erinnern.«

»An deiner Stelle würde ich mich auch lieber nicht erinnern können. Aber du hast in einen Prozess eingegriffen, den ich total im Griff hatte. Du hast die Kontrolle verloren.«

Diese Masche kannte ich schon von ihm. Er manipulierte Leute, indem er ihnen ein schlechtes Gewissen machte. Dazu war ihm jedes Mittel recht, jede Lüge willkommen. Je härter die Anschuldigung, desto mehr genoss Bulgur es.

»Deinetwegen ist sie gestorben«, sagte er.

»Hör auf mit diesem Bullshit«, sagte ich.

Bulgur zog an seiner Zigarette. Er raffte sich die Mechanikerjacke enger um die Schultern, es sollte wohl so aussehen, als würde er von Gefühlen überwältigt. Doch es sah einfach nur albern aus. Er schüttelte dabei den Kopf, als könnte er meine Ignoranz nicht begreifen.

Ich dachte wieder an das Johannisthaler Flugfeld. Eine öde

Landschaft von leer stehenden Lagerhallen, verlassenen Werkstätten. Ein riesiges Gebiet, das dem Verfall preisgegeben war. Der Eigentümer ließ die Gebäude vorsätzlich verrotten, damit er sie irgendwann abreißen konnte, um dort eine Wohnanlage zu bauen. Schöne neue Welt, Eigentumswohnungen für solvente junge Familien.

Doch die Lagerhallen ließen sich Zeit beim Verfall. Und es gab dort tatsächlich eine unterirdische Wartungshalle. Wahrscheinlich von den Nazis gebaut, als sie während der englischen und amerikanischen Luftangriffe auf Berlin ihre Flugzeuge schützen wollten. Wir hatten sie entdeckt, indem wir einen endlosen Gang freischaufelten. Bulgur hatte die Idee. Er hatte ein Gespür für geheime Orte. Und damals folgten wir ihm noch widerspruchslos. Wir schaufelten den verdammten Gang in zehn oder zwölf Nächten frei, die ganzen Osterferien gingen dafür drauf, meine Eltern waren damals für zehn Tage in den Karpaten. Wir kamen jeden Abend, wenn das Gelände völlig verlassen war, schlichen hinunter und legten den Gang weiter frei, brachten den Schutt nach oben, einige von uns passten auf, ob der Hausmeister, der als extrem angespannt galt, oben seine Runden drehte. Das Gelände ist riesig und unübersichtlich. Genau vor dem Eingang ist eine Wohnstraße. Dort befindet sich auch eine Polizeistation. Aber wenn man erst mal auf dem Gelände selbst ist, kann einen keiner mehr entdecken. Solange man nicht einen verdammten Tunnel buddelt, hin und wieder mal einen Presslufthammer benutzt und ständig Eimer mit Schutt nach oben schafft.

In der letzten Nacht schweißten wir dann die verschlossene Eisentür am Ende des Gangs auf. Genauer gesagt, es war Chris, der seinen großen Auftritt hatte, er konnte als Einziger von uns mit einem Schweißgerät umgehen. Wir anderen sahen nur den Funkenregen niedergehen und sprangen vor Ungeduld von einem Fuß auf den anderen. Und dann war es Bulgur, der die Tür auftreten durfte. Der Anblick der Halle war überwältigend. Unfassbar. Dies ist der Ort für unser Experiment, sagte Bulgur damals, als wir mit angehaltenem Atem, ehrfürchtig die gigantische unterirdische Halle betraten. Ja, unser Experiment. Niemand ahnte damals, was er damit genau meinte.

24. KAPITEL

Jule stand in der Tür. Ganz schmal stand sie da, ihr Körper halb im Schatten, hinter ihr zerschellte das Wummern der Bässe an den Wänden. Sie sah zerbrechlich aus. Ihr Haar war nass und klebte in ihrem Nacken, sie hatte die Knie übereinander geschoben und ihre Arme vor dem Bauch verschränkt, als wollte sie sich schützen.

Bulgur nahm keine Notiz von ihr. Er griff nach meiner Schulter, als ich aufstehen wollte, um sein Refugium zu verlassen, sein *Headquarter*, die stinkende kleine Abstellkammer mit der Couch vom Sperrmüll. Ich wollte nichts mehr mit ihm zu tun haben, ich wollte zu Jule.

»Warte mal«, sagte er. »Es gibt noch was. Wir müssen noch geschäftlich reden.«

Seine Laune veränderte sich unglaublich schnell, ich kam nicht hinterher. Eben war er noch der arrogante Babo, der alles unter seiner Kontrolle haben musste und einen Abweichler wie mich am liebsten beseitigt hätte. Jetzt hatte er seinen Charme wiedergefunden, sein Lächeln, sein grenzenloses Selbstvertrauen.

Ich sah Jule an, sie winkte mir mit den Fingern zu. Ich setzte mich wieder auf die Couch, und Bulgur wechselte von seinem Hocker ebenfalls auf die Couch.

»Ich will ehrlich zu dir sein«, sagte er und beugte sich zu mir, damit ich ihn wirklich verstand. Er hatte wieder diese volltönende dunkle Stimme, mit der man auch gut Gebrauchtwagen verkaufen könnte. »Ich will ehrlich zu dir sein, weil ich dich wirklich schätze, Lennart. Du warst mein bester Mann. Wir hatten doch eine unfassbar gute Zeit zusammen, du und ich. Nach dir ist niemand gekommen, der dir nur annähernd das Wasser reichen kann.«

Ich wusste, wie gern Bulgur sich reden hörte, aber ich hatte jetzt keine Geduld für einen seiner berüchtigten endlosen Monologe, in denen er stundenlang seine Weltsicht darlegte, ohne irgendwie mal zu irgendeinem Punkt zu kommen. Er brauchte einfach jemanden, der ihm zuhörte, und früher hatte ich die Rolle des Zuhörers übernommen, weil ich glaubte, er würde mich dann mögen. Jetzt glaubte ich das nicht mehr. Doch seine Stimme und sein Lächeln lullten mich auch diesmal wieder ein. Ich wollte zu Jule, die an der Tür stand und wartete. Ich wollte wissen, ob es ihr gut ging.

Plötzlich war sie für mich der wichtigste Mensch auf der Welt. Es war anders als mit Moe. Anders als mit Bulgur. Anders als mit allen anderen Menschen, die ich je gekannt hatte. Ihr Blick von der Tür her hatte mich irgendwo innen berührt, wo sonst niemand hinkam. An einer Stelle, wo ich stets gefürchtet hatte, dass jemand dorthin gelangen könnte. Es war nur ein Blick gewesen, und ich hätte sie am liebsten in den Arm genommen, weil sie so gefährdet aussah und so unerreichbar.

»Wir haben uns weiterentwickelt«, sagte Bulgur.

Ich hatte total den Faden verloren. Wovon redete er? Er sah mich mit seinen dunkel schimmernden Augen an, die Pupillen winzig klein, doch mit einem intensiven Glitzern, das ich noch von früher kannte. Er fasste mir leicht in den Nacken, was er auch früher gern getan hatte, als wir viel miteinander zu tun hatten. Ich mochte den Griff nicht und zog mich darunter zusammen. Er packte etwas fester zu, es sollte spielerisch sein, aber dieses Spiel gefiel mir nicht.

Bulgur redete einfach weiter: »Es ist ein neues Projekt. Und ich möchte, dass du dabei bist. Ich brauche dich. Deine Präsenz. Deine Kompetenz. Deine Expertise, was Sounds angeht. Wir können da echt was erreichen, konzeptionell und finanziell.«

»Was ist es?«, fragte ich.

Als ich zur Tür sah, war Jule nicht mehr da.

»Wir müssen mal in Ruhe drüber reden«, sagte Bulgur. »Ich habe einen Auftraggeber, der wirklich interessiert ist an unseren Sound Systems. Der uns voranbringen will. One step beyond, Lennart! Da ist wirklich Geld drin. Für dich auch.«

»Okay, klingt gut«, sagte ich. »Aber was ist es konkret?«

»Es geht um Infrasound. Vladimir Gavreau, Laboratorium für Elektroakustik, erinnerst du dich? LRAD.«

»Long range acoustic device, auch Schallkanone genannt«, sagte ich. Es war gespenstisch, wie gut ich mich plötzlich an diese Soundforschungen erinnerte. Akustische Kriegsführung, die Trompeten von Jericho, Teenage Repeller. »Du willst die Seiten wechseln.«

Bulgur lächelte, doch nur mit den Mundwinkeln.

»Du wirst nicht glauben, was mein Auftraggeber bereit ist

zu zahlen. Das eröffnet uns völlig neue Perspektiven. Glaubst du, ich will ewig hier in diesen Kellern herumasseln? Ich mache das seit Jahren, und es war auch lange wirklich gut, wir haben was auf die Beine gestellt. Aber jetzt ist es Zeit, einen weiteren Schritt zu machen.«

Die Musik wurde leiser und hörte dann ganz auf. Die Party war vorbei. Bulgur stand auf und sah auf mich herunter.

»Ich würde es gern mit dir machen, wir waren ein gutes Team früher. Lass es dir durch den Kopf gehen. Ich erwarte eine Antwort bis morgen Abend. Sagst du zu, dann kannst du bei mir wohnen, das ist gut für den kreativen Prozess. Wir haben hier ein ganz großes Ding an der Hand, Lennart, das spüre ich. Und ich sag dir auch, wie wir das jetzt machen. Du denkst ganz in Ruhe darüber nach. Und dann treffen wir uns in Rüdersdorf, im alten Zementwerk. Am Donnerstag, zehn Uhr abends.«

»Okay, ich denke darüber nach«, sagte ich.

»Und wenn du absagst, kein Ding. Geht voll in Ordnung für mich. Dann verschwindest du allerdings aus der Stadt. Ich will dich dann in dieser Szene nicht mehr sehen, und das werde ich auch den Sicherheitsleuten in allen Clubs so kommunizieren. Zu unseren Raves kommst du dann natürlich auch nicht mehr.«

Ich nickte, das musste jetzt noch sein. Ich steckte es ein, wie ich auch früher seine Machtspiele hatte über mich ergehen lassen. Ich war immer als der Verlierer rausgegangen. Wir waren ein eingespieltes Team gewesen, auch in dieser Hinsicht.

Bulgur ging ohne weiteres Wort, er war kein Mann der großen Abschiede. War er nie gewesen. Hatte er gesagt, was er sagen wollte, dann ging er eben. Man konnte sicher sein, dass man sofort aus seinem Bewusstsein verschwunden war. Bulgur war nur auf seine eigenen Sachen fokussiert.

Wenn er einen irgendwie brauchte, ließ er nicht locker. Dann rief er auch um zwei Uhr nachts noch an. »Ich habe das Video zwei Tage lang zusammengeschnitten, und du musst es dir jetzt anschauen! Jetzt! Du musst! Ich habe zwanzig Stunden daran gesessen!« Also fuhr ich zu seiner Wohnung und sah mir die zwei Minuten achtunddreißig Sekunden lange Videofassung eines neuen Tracks von ihm an. Die Bilder zeigten eigentlich nur ihn: DJ Evil, wie er hoheitsvoll in die Menge hineinwinkte. Sein Profil im gleißenden Gegenlicht. Sein entrücktes Lächeln, von dem er annahm, dass es würdevoll oder weise wirkte. Wieder die Tanzmeute – und er mit erhobenen Händen, als beschenkte er sie mit seiner unfassbar genialen Musik. Winzige Jumpcuts, die allerdings wirklich akkurat mit den Beats abgeglichen waren. Da kannte er nichts, da war er Perfektionist. Ich lobte sein Video, seine großartige Musik, die Feinheiten, die raffinierten Sprünge. Er brauchte das. Danach fuhr ich wieder nach Hause, oder ich schlief bei ihm auf der Couch.

Aber ansonsten war man Luft für ihn. Wenn er einen gerade nicht gebrauchen konnte, meldete er sich wochenlang nicht. Mir war es egal gewesen, aber ich war doch immer froh, wenn er dann wieder anrief: »Lennart, ich brauche was von dir, und zwar bis zwanzig nach fünf.«

Bulgur war weg, und diesmal hoffte ich, dass wir uns nicht

wiedersehen würden. Ich drehte mich um und suchte Jule. Mein Leben als Bulgurs persönlicher Diener war vorbei.

Die Halle war leer. Sie wirkte so verlassen, als wäre hier seit Jahren niemand mehr gewesen außer ein paar ratlosen Ratten. Kaum etwas wies darauf hin, dass hier ein Rave stattgefunden hatte, ein ekstatischer Tanz, der für manche Leute die heftigste Erfahrung des Jahres war. Nur ein paar Kippen und zersplitterte Bierflaschen lagen herum, Flyer, einige vergessene Pullover und Jacken und Hausschlüssel.

Es gab immer welche, die im Tanzdelirium ihre Habseligkeiten in der Woge der Körper verstreuten. Weil sie so geflasht waren, dass sie meinten: *Diesen bescheuerten Wohnungstürschlüssel brauche ich in diesem Leben eh nicht mehr. Diese BVG-Schülermonatskarte entstammt einer primitiven Seinsform, der ich soeben entwachsen bin. Weg damit! Weg mit den Münzen, die eh nur meine Taschen beschweren und mich in niederen Sphären zurückhalten und mich am Abheben hindern.*

Ich lief durch die Überreste und sah dünne Fäden des Morgenlichts, die durch eine Luke in den verlassenen Bahnhof hineintasteten. Wo war Jule?

25. KAPITEL

In der nächsten Stunde suchte ich alle Seitenstraßen nach Jule ab, sie konnte doch nicht weit gekommen sein. Die Morgendämmerung erschien am Horizont, und je länger ich suchte, desto mehr hatte ich das Gefühl, gleich zu ersticken. Es war meine Schuld, dass sie hier draußen irgendwo herumirrte. Und es war meine Schuld, dass Moe so aus der Balance geraten war.

Ich fand Jule auf einer Parkbank im Schöneberger Stadtpark. Die U-Bahn, die hier den Park durchquert, fuhr bereits wieder. Die Amseln zwitscherten wie verrückt. Vom Rathaus her kamen schwere, volltönende Glockenschläge. Sechs Uhr.

Ich setzte mich neben sie und traute mich nicht, sie anzufassen. Sie sah einsam und traurig aus. Ich legte meine Jacke über sie.

Sie blinzelte, sah mich an, drehte den Kopf weg.

»Hau ab«, sagte sie. »Geh weg.«

»Ich wollte nur auf dich aufpassen«, sagte ich.

»Toll, das ist ja mal voll gelungen.«

Sie streifte meine Jacke ab, schob sie auf den Kiesweg und kickte sie mit den Füßen weg.

»Das alles tut mir total leid«, sagte ich. »Bitte entschuldige, Jule.«

»Was soll ich hier entschuldigen? Dass die Typen hinter dir her waren? Bin ich Gott?«

Darauf fiel mir nichts ein. Jule setzte sich auf.

Ich fragte: »Wie geht's dir denn? Kann ich irgendwas für dich tun? Dich zu meinen Eltern nach Hause bringen?«

Sie schüttelte den Kopf.

»Soll ich dich zu deinem Auto bringen?«

Sie seufzte und schaute mich endlich an. »Okay. Wenn du schon so nett fragst. Du kannst mir wirklich einen Gefallen tun, einen richtig großen Gefallen.«

»Gerne«, sagte ich. »Unbedingt, was immer es ist.«

»Geh weg von mir. Jetzt.«

Ich stand auf, aber ich konnte nicht einfach weggehen und sie auf dieser Bank sitzen lassen. Zwei oder drei Schritte ging ich, dann kam ich zurück.

»Du hast mir mal von der Hamburger Pärchenbildung erzählt«, sagte ich. Keine Ahnung, ob sie mir überhaupt zuhörte. »Wie man sich kennenlernt. Weißt du noch? Konversation und Kaffeetrinken und die ersten körperlichen Annäherungen, küssen und so.«

»Ja, hab ich«, sagte sie. »Und jetzt kann ich dir auch was von der Berliner Variante erzählen. Man latscht als totales Wrack durch die Gegend, bis eine random Frau von Mitleid überwältigt wird. Man lässt sich von ihr herumfahren, geht mit ihr tanzen und küsst sie und lässt sie von zwei Testosterongorillas abschleppen. Ende der Geschichte.«

Ihre Füße wühlten im Kies. Sie warf eine Haarsträhne zur Seite und schüttelte theatralisch den Kopf. »Ich könnte jetzt mit Karl im Hotel *Vier Jahreszeiten* frühstücken und über traurige Existenzen wie dich ablästern. Und danach in seinem Jaguar an die Nordsee fahren.«

»Klar könntest du das. Wäre genau das Richtige für dich. Ein Leben als Beifahrersitzprinzessin.«

»Mach du erst mal deinen Führerschein«, sagte sie.

Ich hob meine Jacke auf. »Du kannst sie echt haben, wenn dir noch kalt ist.«

Sie riss mir die Jacke aus der Hand. Wickelte sich darin ein, rieb sich die Arme.

»Du warst die ganze Nacht und den ganzen verdammten Tag weg«, sagte sie. »Kannst du dir vorstellen, dass ich Schiss hatte? Echt Schiss in einer schietfremden Stadt mit durchgeknallten Leuten, die kein Wort sagen, was sie von einem wollen? Wo warst du denn? Was war denn los?«

»Ich hab dich gesucht.« Ich sagte lieber nichts von Moe und dem Tag mit ihr, es war sowieso schon alles viel zu verworren. »Es ist auch echt nicht immer so in Berlin, eigentlich ist das eine nette Stadt, total harmlos. Alle wollen nur feiern und lassen dich in Ruhe.«

Jule sagte nur: »Pfff.« Aber immerhin schaute sie mich nicht mehr mit ganz so hasserfülltem Blick an.

»Ich begleite dich nach Hamburg«, sagte ich. »Alles wird gut.«

»Ich glaube, du bist der allerletzte Mensch auf der Welt, dem ich diesen Spruch abnehmen würde«, sagte sie. »Und auf deine Begleitung verzichte ich auch lieber.«

»Dann lass uns wenigstens zusammen bis zu deinem Auto gehen.«

»Okay.« Sie stand auf. »Bringen wir das hinter uns.«

Wir liefen zur U-Bahn, immer fünf Meter auseinander, fuhren mit einer der ersten Bahnen zum Nollendorfplatz, stiegen um in die U1 zum Schlesischen Tor.

In der U-Bahn saßen wir nebeneinander, unsere Schultern berührten sich nicht. Jule vermied es, mich anzusehen.

»Haben sie dich anständig behandelt?«, fragte ich.

Sie zuckte bloß mit den Achseln. »Behandelt? Sie haben gar nichts mit mir gemacht. Nur ganz am Anfang, als sie dich zu Boden getreten haben, da habe ich mich gewehrt und einem fast den Ohrring rausgerissen. Der wurde dann etwas sauer. Aber in der Wohnung bei diesem Bulgur habe ich nur rumgesessen. Er hat dauernd gefragt, ob ich Joghurt will oder Obst. Er hat mir versichert, es würde nicht lange dauern. Nur bis du dich melden würdest, es gäbe eine Sache mit dir zu klären. Und du hast ja auch nur eine ganze Nacht und einen ganzen verdammten Tag gebraucht. Dein Freund saß immer nur am Schreibtisch, Kopfhörer auf. Ich durfte nicht mal irgendwelche Handyspiele spielen, ich hab mich einfach nur gelangweilt. Und Angst gehabt, was passiert, wenn du dich nicht meldest.«

»Der ist nicht mein Freund«, sagte ich.

»Erzähl ihm das mal.«

Der *Burgermeister* unter der Hochbahn hatte zu. Das Partyvolk hatte sich zerstreut, es waren nur noch ein paar einzelne Leute unterwegs. Sie sahen übernächtigt und fertig aus. Dafür waren viele Hundebesitzer unterwegs, die ihre Tierchen zur Morgentoilette ausführten. In der Morgensonne sahen die Kreuzberger Hausfassaden mit den Aberhundert Tags und Graffiti echt verkommen aus. Bierflaschen, Müll, Plastiktüten auf den Gehwegen.

Jule ging vor mir her, sie wollte nicht, dass wir nebeneinander gingen. In der Seitenstraße stand ihr Auto, unversehrt. Mir fiel ein Stein vom Herzen.

»Hast du den Autoschlüssel noch?«

»Hörst du mal auf, mich für blöd zu halten?« Sie holte den Autoschlüssel aus ihrer Jeanstasche.

Als sie an der Tür stand, hatte ich für eine Sekunde das Gefühl, wir könnten uns doch noch umarmen, zum Abschied, einfach so. Doch sofort dachte ich: *Das bildest du dir nur ein. Sie hasst dich. Du widerst sie an.*

»Kommst du klar? Die drei Stunden zurück?«

Sie nickte und streckte sich. »Die drei Stunden schaffe ich auch noch. Und wenn nicht, dann lasse ich mich lieber von einer Leitplanke bei Neuruppin abkratzen als hier in dieser Scheißstadt zu bleiben.«

»Vielleicht sehen wir uns mal, Jule.«

»Komm nie wieder nach Hamburg«, sagte sie.

Sie stieg ein, startete das Auto, ich winkte noch mit einer Hand, wie ein Rentner, wie ein Verlierer, wie der allerschlimmste Versager ever.

Ich lief nach Hause. Meine Eltern schliefen noch, ich suchte mir im Kühlschrank irgendwas zusammen und legte mich dann ins Bett. Ich blieb lange wach und dachte an Jule, ich wollte unbedingt wach bleiben, bis sie den Weg nach Hamburg geschafft hätte.

Aber natürlich schlief ich dann doch irgendwann ein. Träumte von übergroßen Windrädern an der Autobahn nach Hamburg. Die Flügel kreisten in der schwarzen Nachtluft und verwandelten sich in die Flügel von riesigen Flugsauriern. Ich sah sie im Traum als unvollständige Gerippe, wie im Naturkundemuseum, doch selbst ihre knöchernen Schädel waren noch Furcht einflößend, und als sie ihre Mäuler öffneten und durchdringend schrien, wachte ich schweißgebadet auf. Solche Schreie hatte ich noch nie gehört, nicht in dieser grellen Intensität und Lautstärke.

Die Stimmung meiner Eltern war nicht besonders gut. Sie fragten nicht nach meinem Leben, nach Jule oder Moe oder der Schule. Ich war froh, dass sie nicht fragten. Aber es war so auffällig, dass sie nichts wissen wollten, dass es mir schon wieder auf die Nerven ging. Auf Schritt und Tritt, was ich auch tat oder dachte, immer spürte ich ihre Blicke: *Was macht der Junge nur mit seinem Leben? Was haben wir falsch gemacht?*

Ich ging zurück ins Bett und schaute mir eine Serie auf meinem Laptop an. Es war Nachmittag, Jule war bestimmt in Hamburg angekommen. Saß in ihrem hübschen Häuschen an der Elbe und erzählte ihren Eltern von Berlin.

Und Moe?

Ich versuchte mich auf die Serie zu konzentrieren, um nicht dauernd an andere Leute zu denken.

An Bulgur zum Beispiel.

An sein Ultimatum.

Seine neuen Soundexperimente hatten wahrscheinlich mit Lärm als Waffe zu tun. Was er genau plante, konnte ich nur ahnen. Ein chinesisches Gesetz vor zweitausend Jahren verkündete: »Wer den Höchsten schmäht, der soll nicht gehängt werden, sondern Flötenspieler, Trommler und Lärmmacher sollen ihm ohne Pause so lange vorspielen, bis er tot zu Boden sinkt, denn das ist der qualvollste Tod, den ein Mensch erleiden kann.« Und auch die Bibel kannte die akustische Kriegsführung bereits, wie die Geschichte von den Posaunen von Jericho beweist: »So spricht der Herr der Heere: Seht, ich bringe solches Unheil über diesen Ort, dass jedem, der davon hört, die Ohren gellen. Am siebenten Tag sollt ihr siebenmal um die Stadt herumziehen, und die Priester sollen die Hörner blasen. Wenn das Widderhorn geblasen wird und ihr den Hörnerschall hört, soll das ganze Volk in lautes Kriegsgeschrei ausbrechen. Darauf wird die Mauer der Stadt in sich zusammenstürzen.«

Private Sicherheitsfirmen, aber auch die Polizei und die Bundeswehr waren schon auf unsere akustischen Forschungen aufmerksam geworden. Wer kannte sich besser damit aus als wir, die wir Nacht für Nacht in verschiedenen Gebäuden mit den seltsamsten Tönen und Klängen experimentierten? Wir gingen erheblich weiter als die staatlichen Akustikforscher. Ich brachte Töne zustande, auf die sie einfach nicht kamen. Und Bulgur experimentierte direkt am Mann, ohne irgendeine Erlaubnis einzuholen. Wir alle ahnten nichts davon.

Für mich war es Ehrensache gewesen, dass wir niemals auf

ein Angebot der anderen Seite eingehen würden. Gar keine Diskussion. Unsere Musik sollte die Menschen zum Tanzen bringen, zur Ekstase treiben. Und das tat sie auch. Wir haben mit dem Schrecken gespielt, weil wir Lust dazu hatten und unser Publikum sich dem Nervenkitzel gern aussetzte. Aber akustische Kriegsführung? Sonischer Terror? Schall als Kampfinstrument von Sicherheitsfirmen? Ohne mich.

Doch anscheinend hatte Bulgur sich inzwischen anders entschieden. Vielleicht hatte sogar der furchtbare Unfall mit Kaya ihm erst gezeigt, wozu seine Sounds imstande waren. Und hatte die neuen Auftraggeber auf den Plan gerufen, Leute, die ernsthaft daran interessiert waren, anderen Menschen mit Sounds zu schaden.

Wenn ich nicht mit ihm zusammenarbeiten wollte, würde ich die Stadt verlassen müssen. Seine Handlanger würden sich darum kümmern, dass ich in Berlin nicht mehr sicher sein würde. Eine Abreibung nachts am Kotti. Eine Prügelei auf der Warschauer Brücke. Eine Begegnung in einer dunklen Seitenstraße im Wedding, vier Mann gegen einen. Sie würden mich aufstöbern. Jedes Wochenende. Sie würden mich mürbe machen.

Okay, dachte ich, dann gehe ich eben wieder nach Hamburg. Gehe da zur Schule, wohne im Wohnwagen, arbeite bei Werner auf dem Fischmarkt.

Und dann dachte ich an Jule. Nein, ich konnte nicht nach Hamburg, nie wieder.

Irgendwann fing ich an, mein Aufnahmegerät zu suchen.

Mein Boss BR-80! Früher hatte es einen sicheren Weg gegeben, dass ich zu mir selbst zurückfand, egal, wie schlecht es mir ging. Ich musste nur mit den Sounds spielen, die auf meinem Recorder gesammelt waren. Mit dem Zirpen des Heimchens aus dem Hinterhof. Mit den Durchsagen in der U-Bahn: *Zurückbleiben bitte!* Mit dem Schnauben und Wiehern von Pferden. Mit dem Geräusch, wenn man Reis in eine Metallschale schüttet. Ich konnte mich stundenlang damit beschäftigen: einen Takt darunterlegen, die Geräusche verbinden, verzerren, beschleunigen, verlangsamen. Doch ich fand meinen Recorder nicht, und ich hatte keine Erinnerung, wann ich ihn zuletzt in der Hand gehabt hatte.

Ich durchwühlte mein ganzes Zimmer, wurde immer ärgerlicher und hektischer und fing an, meinen ganzen sonstigen Krempel zu sortieren oder wegzuschmeißen.

Mein Mutter hörte es und schaute zur Tür herein, sie wirkte ehrlich geschockt: »Du räumst auf? Was ist los mit dir?«

»Ich bereite meine Schulsachen vor«, sagte ich. Dabei wusste ich nicht einmal, wie ich die nächsten Tage überleben würde. Genauer gesagt: das Treffen mit Bulgur in Rüdersdorf.

Ich ging früh schlafen, lag aber stundenlang wach, und als ich dann endlich doch einschlief, geriet ich in einen fiesen Albtraum:

Moe und ich waren auf den Schöneberger Gasometer geklettert, der mit seinem Stahlskelett weit in den Abendhimmel ragte. Moe breitete die Arme aus. Der Wind blähte ihren Mantel auf. Sie stand auf der höchsten Sprosse des Schutzgitters. Als ich sie sah, fühlte ich etwas Eisiges um meinen Hals. Ich rief, um sie zurückzuhalten, doch sie hörte mich nicht. Und dann sprang sie.

Ich wollte nach ihr greifen, aber vergeblich, ganz und gar aussichtslos, ich war viel zu weit von ihr entfernt, zehn oder fünfzehn Meter. Die Stille in diesem Moment war das furchtbarste Geräusch, das ich jemals erlebt habe. Es war, als ob der Tod persönlich anwesend war, stumm. Kein Skelett oder Sensenmann wie auf mittelalterlichen Bildern, er war einfach nur eine graue Leere zwischen mir und Moe, ein Abgrund der Unmöglichkeit, sie noch zu erreichen.

Ich sah, wie ihr Körper fiel, hinunter, ein grauer Schatten in der Dunkelheit. Die Arme jetzt nicht mehr ausgebreitet, sondern angezogen, wie um sich vor dem Aufprall zu schützen. Sie schrie nicht.

Ich war wie erstarrt, griff noch immer nach ihr, meine Hand zitterte in der kalten Luft.

26. KAPITEL

Am nächsten Morgen lief ich in die Oranienstraße, die blauen Vorhänge wehten aus ihrem Fenster, doch Moe war nicht da oder machte nicht auf. Ich wartete eine halbe Stunde, eine ganze Stunde und erinnerte mich, wie ich auf den Landungsbrücken auf Jule gewartet hatte. Im Warten war ich schon immer gut gewesen.

Ich stand einfach an die Hauswand gelehnt, machte die Augen zu und ließ mich von der Oranienstraße beschallen.

Da war das Knirschen von Rollkoffern, die über Granulat gezogen wurden. Gesprächsfetzen von spanischen und französischen Touristen wehten vorbei. Ich hörte den massiven Luftzug, wenn ein Rudel von zwei oder drei 29er-Bussen vorbeifuhr. Sie fuhren neuerdings nur noch zu zweit oder zu dritt, wahrscheinlich war es ihnen allein zu gefährlich in Kreuzberg und Neukölln. Das Kläffen von Hunden. Spatzenzwitschern. Und ich spürte den langsamen Bass meines eigenen Herzschlags, wenn ich an das bevorstehende Treffen mit Bulgur dachte. Am liebsten hätte ich es mir erspart, ich wollte mit ihm nichts mehr zu tun haben. Aber es wäre feige gewesen, nicht hinzugehen, und früher oder später würde er mich dann doch ausfindig machen.

Irgendwann schob jemand ein klapperndes Rad an mir vorbei, blieb stehen und sagte: »Steht an der Wand und schläft, der Junge.«

Es war Moe. Ich öffnete die Augen und hob meine Hand.

»Wartest du auf mich?«

»Ja«, sagte ich. »Ich hab von dir geträumt heute Nacht.«

»Lennart, lass es. Echt. Es bringt nichts.«

»Okay, okay. Eigentlich wollte ich auch nur Danke sagen. Danke, dass du mich zu Bulgur gebracht hast.«

»Hast du sie gefunden?«

»Ja, alles gut. Sie ist wieder in Hamburg.« Das hoffte ich zumindest; es wäre jetzt zu kompliziert gewesen, Moe meine Geschichte mit Jule zu erklären.

»Und Bulgur?«

»Will mit mir arbeiten, ich soll es mir überlegen.«

»Was arbeiten?«

»Soundforschung. Er hat anscheinend Geldgeber, die wissen wollen, wie man Sounds als akustische Waffe einsetzt.«

»Mach das nicht, Lennart.«

Ich zuckte mit den Schultern. »Er lässt mir eigentlich keine Wahl. Wenn ich ablehne, wird er mich aus Berlin rauskicken.«

»Mach es trotzdem nicht, Lenny, das ist echt widerlich. Das kann er nicht machen. Die Macht hat er nicht.«

»Kann er machen«, sagte ich. »Er hat die Leute dafür.«

»Du bist ein Schüler, du musst bloß noch dein Abi machen«, sagte Moe. »Dann gehst du wahrscheinlich eh weg aus Berlin. Er kann dich doch einfach in Ruhe lassen!«

Ich probierte ein Lächeln, das tapfer wirken sollte, aber ziemlich misslang. »Auf jeden Fall wollte ich Danke sagen, dass du mir geholfen hast. Und es war schön, dich wiederzusehen.«

»War es«, sagte Moe.

»Falls wir uns nicht mehr sehen: Danke für den Kuchen und die Zeit in der Hängematte und in deinem Bett, und überhaupt, das ganze Jahr davor. Du bist die Beste.«

»Na klar«, sagte Moe.

»Und pass auf Chris auf«, sagte ich.

»Er hat nach dir gefragt«, sagte sie und stellte ihr Fahrrad ab.

Wir umarmten uns. Lange, sehr lange. Nicht lange genug.

In der *Rock-'n'-Roll-Herberge* fand ich Chris. Er saß über einem Glas Bier. Zwei Uhr nachmittags ... Verquollenes Gesicht, dicke, gerötete Augen, er rauchte eine nach der anderen. Seine Hände zitterten, wenn er die Fluppe zum Mund führte. Aber immerhin erkannte er mich.

»Ihr wart so schnell weg bei der Party neulich«, sagte er. »Ich hätte gern noch mit dir geredet. Hab dich lang nicht gesehen.«

Ich setzte mich neben ihn.

Er zeigte auf sein Glas: »Trinkst du auch eins?«

Ich schüttelte den Kopf. »Ich will nüchtern bleiben.«

»Ich weiß gar nicht mehr, wie das ist, nüchtern zu sein«, sagte er.

»Es ist okay«, sagte ich. »Du teilst die Realität mit vielen anderen Leuten.«

Er kicherte sarkastisch. »Die Realität ist eine Illusion, die aus dem Mangel von Alkohol entsteht.«

»Du Bierbuddha.«

Chris lachte, und diesmal klang es zum ersten Mal echt.

Wir gingen zum Kickertisch und zockten eine Weile. Ich verlor mit zwei zu acht. Obwohl er beim dritten oder vierten Bier des Tages angelangt war, war Chris mir haushoch überlegen. Seine Hände zitterten hier nicht, sondern zauberten die kleine Kugel von der Verteidigungsreihe durch das vielbeinige Mittelfeld nach vorn in die Sturmreihe. Dort hielt er den Ball, tackerte sekundenlang mit der Ferse des Mittelstürmers auf der Kugel herum, um eine vorzeitige Reaktion von mir zu erzwingen, und sobald ich meinen Verteidiger und Torwart verschob, wechselte er zum Rechtsaußen, und der knallte den Ball humorlos ins Tor. Jedes Mal der gleiche Move, und ich fiel immer wieder darauf rein.

Die Barfrau ließ *London Calling* von The Clash durchspielen, und ich fühlte mich mit jeder Minute jünger. Vierzehn, zwölf, da hatte ich mir The Clash von meinen Eltern geholt. Doch dann fühlte ich mich plötzlich wieder uralt, über zwanzig.

Wir wechselten zum Billardtisch. Wenn Jungen über schwierige Sachen reden wollen, dann ist Billard der richtige Ort. Man konzentriert sich auf die Kugeln, starrt auf den grünen Filz des Tisches und kann nebenher sagen, was einem auf dem Herzen liegt. Chris hantierte weiter mit seinem Bier, er trank mit dieser gewissen Grandezza, die notorischen Trinkern eigen ist.

»Du säufst ganz ordentlich«, sagte ich nach dem Anstoß, mit dem ich die Kugeln immerhin gut über den Tisch verteilt hatte, auch wenn noch keine gefallen war.

Chris kreidete sein Queue. »Ja, genau. Ganz ordentlich.« Er versenkte die Drei und die Sieben, scheiterte aber mit einem

Ball über Vorbande und griff wieder zum Glas. Er prostete mir noch ironisch zu. »Skål!«

Ich probierte einen langen Ball auf die Zwei und hatte Glück, dass sie in die Tasche taumelte. Der Spielball kam frei und rollte auf die Neun zu, die direkt vor einer Mitteltasche lag.

»Wegen Kaya?«

»Wegen Kaya«, sagte Chris. Und er ließ sein Glas stehen. Er wartete auf einen Fehler von mir. Er hasste es, im Billard zu verlieren, und hier machte sich das Trinken stärker bemerkbar als beim Kickern.

»Du warst mit Moe bei der Beerdigung?«

»Natürlich war ich das. Ich glaube, das war der Tag, an dem ich zum letzten Mal nüchtern gewesen bin. Von wegen Realität oder so. Ich habe an ihrem Grab gestanden und nichts mehr verstanden. Dass sie da unten liegen sollte, ich konnte es nicht begreifen.«

Wir standen nebeneinander am Tisch und schauten auf die Kugeln, doch ohne sie wirklich zu sehen, wir standen einfach nur nebeneinander, und Chris erzählte weiter. »Ich war froh, dass Moe da war. Hab dich vermisst. Aber Moe war da, wir waren zu zweit. Ich war nicht allein. Mal abgesehen von Kayas Eltern und ihren Geschwistern und Verwandten und so, die kannte ich überhaupt nicht. Ich kannte nicht einmal ihre Freundinnen. Ihre Geigenlehrerin war da. Selbst die Beerdigung war noch glamourös.«

Er beugte sich mit seinem Queue über den Tisch, doch beim Stoß verfehlte er den Spielball. Sein Queue rutschte ab und schlitzte das grüne Tuch auf. Ich sah, dass ihm Tränen in den Augen standen, und stellte mein Queue an die Wand.

»Lass uns mal ein bisschen laufen«, sagte ich.

Chris nickte, griff nach seinem Glas und trank es in einem Zug aus. Und dann gingen wir. Früher war ich stundenlang mit ihm durch die Gegend gelaufen. Konnte nie lange zu Hause sitzen bleiben, ich musste irgendwann einfach losgehen. Egal wohin. Ich rief dann Chris an, und wir liefen herum, den Landwehrkanal runter, durch Seitenstraßen, bis wir in obskure Gegenden gerieten oder bis uns die Füße wehtaten und wir einfach nicht mehr konnten. Stundenlang liefen wir. Wir mussten nicht viel reden. Aber manchmal redeten wir auch.

»Ich zeige dir den Platz, wo ihr Grab ist«, sagte Chris.

Wir liefen zum Friedhof, es wurde langsam Abend, einer der langen Sommerabende, an denen die Hitze noch in der Stadt steht und an denen es gut ist, jung zu sein und endlos laufen zu können. Auf dem Weg erzählte ich Chris von Bulgurs Ultimatum. »Ich treffe ihn heute in Rüdersdorf, im alten Zementwerk. Ich muss ihm sagen, ob ich bei seinem neuen Projekt mitmachen will.«

Chris ging neben mir, er hatte einen schnellen Schritt, ich musste sehen, dass ich auf seiner Höhe blieb. Er wirkte überhaupt nicht betrunken.

»Ich bring dich um, wenn du mit dem was anfängst«, sagte er. »Du kannst dich gern mit ihm treffen. Grüß ihn mal von mir. Ich werde ihm die Hände brechen, wenn ich ihn sehe. Damit er nie wieder auflegen kann.«

»Hat er nie Ärger bekommen wegen der Nacht?«

»Es hat Ermittlungen gegeben. Die Zeitungen waren voll davon. Das Mädchen beim Todesrave. Hast du nichts gelesen? Wo warst du denn?«

»Auf einem Campingplatz. Hab keine Zeitungen gelesen.«

»Die Polizei hätte dich gern befragt, glaube ich. Aber die Ermittlungen wurden dann schon nach ein paar Tagen eingestellt. Unglücksfall. Bulgur hat sich auch mehrfach entschuldigt. Hat sich als Opfer dargestellt, das wegen seines Migrationshintergrunds diskriminiert würde. Ich hätte ihn echt umbringen können. Aber für so einen Typen gehe ich nicht in den Knast, niemals.«

»Wie, das kann man doch nicht einstellen. Das geht doch nicht!«

Chris lachte, es war wieder dieses sarkastische, verzweifelte Lachen. »Und ob! Alles geht, nichts muss. Ich bin sicher, dass die Nacht in Johannisthal die erste war, in der er die akustischen Waffen an Versuchspersonen ausprobiert hat. Bulgur hatte da wahrscheinlich längst Kontakte zu Auftraggebern, die ihn dann geschützt haben. Jedenfalls konnte man ihm nichts nachweisen.«

Wir kamen zum Friedhof, er hatte schon geschlossen. Wir liefen zur Rückseite und sprangen über die Mauer. Hier war es ruhig. Chris zeigte mir Kayas Grab, und wir setzten uns vor ihren Grabstein.

Ich legte einen Arm um seine Schulter. Wir schwiegen und dachten beide an Kaya. Weiter hinten, wo es zu einem See ging, saß eine Nachtigall im Baum und sang.

27. KAPITEL

Vom S-Bahnhof Friedrichshagen fuhr eine uralte, sandfarbene Straßenbahn über die Stadtgrenze hinaus nach Rüdersdorf: die Nummer 88. Außer dem Fahrer und mir fuhr niemand mit. Zwanzig Minuten lang ging die Fahrt am Berliner Stadtwald entlang, Kiefern und Föhren. Man hörte nichts als das Rumpeln der alten Bahn. Rechter Hand lagen einige Felder, die Sonne ging gerade unter. In ihrem rötlichen Licht sah diese alte märkische Landschaft fast schön aus.

Am Museumspark musste ich aussteigen, der Fahrer rief mir noch zu, hier wäre längst Feierabend, ich würde niemanden mehr finden, in der Umgebung wohnte hier auch keiner mehr. Ob ich nicht lieber mitfahren wollte nach Alt-Rüdersdorf? Doch ich winkte ihm beruhigend zu, alles wäre in Ordnung, ich wollte nur spazieren gehen. Er schüttelte den Kopf, musste aber weiterfahren. Die beiden sandgelben Wagen verschwanden quietschend hinter der Kurve, dann war ich endlich allein.

Das alte Zementwerk Rüdersdorf war längst stillgelegt. Angeblich war es gut bewacht, doch ich konnte mir nicht vorstellen, dass hier nach Sonnenuntergang ein Angestellter des Wachschutzes mit seinem Wagen über die Feldwege rumpelte. Ohnehin musste ich erst durch den Museumspark. Ich sprang über den Zaun, lief an der Kalkscheune, den alten Kammeröfen, an der Schachtofenanlage vorbei. Auf einer Wiese standen die ausrangierten Kräne und Baumaschinen vergangener Jahrzehnte und rosteten vor sich hin. Dahinter tauchte die Silhouette des alten Zementwerkes auf.

Ein fahler, lang gestreckter Bau. Vorn zwei runde Silos, sicher dreißig Meter hoch, dahinter die lange Werkshalle, und am Ende stiegen zwei gewaltige Schornsteine hoch, achtzig Meter, hundert Meter. Aber es war nicht die Größe, die dieses Werk so atemberaubend machte, sondern die Kaputtheit. Es sah unzerstörbar aus, und deshalb hatte man es wohl auch stehen gelassen, doch alles, was man an diesem Bau beschädigen oder zertrümmern konnte, hatte irgendjemand mit offensichtlich äußerster Wut kaputt gemacht. Alle Fenster ausgeschlagen. Kleine Ziegelmauern umgestürzt. Die Stahlstreben klammerten sich an den Silos fest, doch auch hier waren die Stahlstiegen herausgerissen worden. Die Toröffnungen gähnten wie zahnlose Mäuler.

Erschreckend war die absolute Stille in dieser Stunde. Kein Vogel regte sich mehr. Keinerlei Stadtgeräusche. Nicht einmal ein Windhauch war zu hören. Die Landschaft ringsum war ohnehin tot, ein Ödfeld aus Kalkkratern, und mittendrin lag dieser Leichnam von Zementwerk.

Es war noch genug Licht im Abendhimmel, dass ich Bulgur auf mich zukommen sah. Er trug seine *Alpha Industries*-Klamotten und schien sich auf diesem Gelände richtig wohlzufühlen.

»Lennart«, rief er schon von Weitem. »Das ist so super, dass du kommst. Ich hatte schon befürchtet, ich würde die Nacht hier allein zubringen müssen.«

»War doch so verabredet«, sagte ich.

Er lief weiter auf mich zu, breit lächelnd, und streckte mir die Hand entgegen. Ich nahm sie. Mein erster Fehler. Er pumpte meine Hand auf und nieder und schlug mich mit der anderen in sportlicher Männlichkeit auf die Schulter. Fast hätte er mich umarmt.

»Man kann sich nicht mehr auf viele Leute verlassen in diesen Zeiten«, sagte er. »Auf dich war immer Verlass. Das rechne ich dir hoch an.«

Keine Rede davon, dass er mich gezwungen hatte, zu diesem Treffen zu erscheinen. Er vertraute darauf, dass jeder sich über sein Lob so freute, dass man sofort einknickte.

»Lust auf einen Joint?« Er holt einen schmalen Spliff hervor und hielt ihn feierlich wie ein Gourmet in die Höhe: »Bester Stoff. Ich sage dir: allerbester Stoff.«

»Nein. Danke.«

»Was ist los mit dir, Lennart? Mach dich mal locker. Wir haben hier zu arbeiten, da musst du nicht so eine Flappe ziehen. Ich möchte, dass wir dieses Meeting positiv angehen.«

Seine gute Laune verschlechterte sich rapide. Jetzt hatte seine Stimme schon den lamentierenden Tonfall, den ich gut kannte. Bulgur konnte sich manchmal stundenlang über die Welt beschweren.

»Mir geht's gut«, sagte ich. »Ich will nur nichts rauchen.« Zweiter Fehler, ich stand schon in der Defensive. »Und ich glaube auch nicht, dass dies ein richtig produktives Arbeitstreffen wird. Ich hab kein gutes Gefühl dabei.«

Er sah mich wieder mit einem breiten, gewinnenden Grinsen an, steckte sich den Joint an und breitete die Arme aus. »Hey!«, sagte er. »Komm mal runter. Du gehst die Sache viel zu destruktiv an. Du sperrst dich von Anfang an! Was soll das denn werden?«

»Ich will einfach nicht«, sagte ich. Ich kam mir vor wie ein trotziges Schulkind, und er stieß mir lachend gegen die Schultern.

»Was glaubst du denn, was ich hier mit dir machen will?«

»Akustische Kriegsführung«, sagte ich.

Er lachte. Stand da in seinen Armeeklamotten und lachte mich aus. Der Himmel war jetzt dunkler geworden. Die Ruine des Zementwerks dagegen schien zu wachsen. Ich schaute zu den toten Fenstern und meinte einen Lichtstrahl zu entdecken. Gleich darauf war er wieder weg.

Ich fragte ihn: »Bist du allein gekommen? Gibt es hier einen Wachschutz?«

Bulgur schüttelte den Kopf, als wäre er entsetzt darüber, dass ich ihm so etwas zutraute. Er holte tief Luft und sagte: »Wir sind allein hier. Nur du und ich. Setz dich. Lass uns reden. Hier.«

Ich setzte mich auf einen Kalksteinquader.

Bulgur blieb stehen, er stellte einen Fuß auf den Quader und beugte sich leicht nach unten, als er zu reden begann. »Ich will es dir erklären. Du hast anscheinend Probleme, dir vorzustellen, was wir hier gemeinsam auf die Beine stellen können. Deshalb mal ganz von vorn: Das menschliche Ohr kann Schallschwingungen zwischen 16 und 20 000 Hertz wahrnehmen. Was darüber liegt, nennt man Ultraschall. Diese hochfrequenten Luftvibrationen werden in der Medizin angewendet, wenn man zum Beispiel einen Embryo im Mutterleib anschauen möchte. Einige Tiere können in diesem Bereich noch sehr gut hören. Wir Menschen hören Ultraschall nicht. Auf der anderen Seite der Skala ist es auch so: Wir hören keine Schallwellen mehr, die weniger als 16 Schwingungen je Sekunde machen.«

»Infraschall«, sagte ich. »Im Ersten Weltkrieg hat man Geräte gebaut, die mit Infraschall fremde Geschützstellungen orten konnten. Dann verschwand die Technik in den militärischen Laboren, bis ein verrückter Franzose namens Gavreau in seinem elektroakustischen Laboratorium wieder mit Infraschall experimentierte.«

Bulgur, jetzt schon breit wie sonst was, klopfte mir begeistert auf die Schulter. »Genau. Du kennst dich aus. Die Russen, die Amerikaner und die Briten haben sich ebenfalls für die Verwendung von Luftschwingungen unterhalb unserer Hörschwelle interessiert. Jetzt gibt es lautlose Trillerpfeifen, Schall-Kanonen und sogar einen Akustik-Laser, dessen gebündelter Schallstrahl sich auf ein Ziel fokussieren lässt. Der Nutzen für das Militär ist umstritten, aber die Polizeikräfte verschiedener Länder sind hellhörig geworden. Ich kann die Logik dahinter durchaus verstehen: Wieso gleich schießen, wenn man unliebsame Personen auch mithilfe von Schallwellen unschädlich machen kann? Die Hüter von Recht und Ordnung möchten beispielsweise Unruhen in Gefängnissen bekämpfen. Da können Handgranaten mit schmerzhaften Tönen hilfreich sein, die die aufständischen Häftlinge außer Gefecht setzen. Wenn die Häftlinge auf dem Boden liegen und sich mit beiden Armen den Bauch halten, weil sie meinen, dass ihre Gedärme gleich platzen, kann man sie ungefährdet ruhigstellen.«

Bulgur dozierte jetzt schon so wie seine neuen Kunden vermutlich auch redeten. Diese Typen waren aufgetaucht, als wir bekannter geworden waren für unsere Soundforschungen. Bulgur wollte den Fame, er wollte aber auch an Geld kommen. Er hielt seine nächtlichen Musikmessen im Tunnelsystem geheim, sie waren nur für die Reputation in der Szene gut. Um Geld zu verdienen, legte er auch in großen Clubs auf. Und die Leute, die sich dort nach und nach an uns anwanzten, die hatten Verbindungen zu Firmen mit wirklich viel Geld. Unter dem Label *Sicherheit* konnte man alles verkaufen. Soundwalls statt Stacheldraht!

Es waren Typen, die komisch aussahen, wenn sie in Fake-Hoodies auf unseren Raves auftauchten. Sie waren es gewohnt, im Büro einen Anzug mit Krawatte zu tragen, weil sie sich dann wichtig fühlten und in der Hierarchie meilenweit über Leuten wie uns standen. Bei den Raves standen sie mit einer Flasche Litschi-Brause an der Wand, grinsten möglichst eingeweiht und wurden von allen anderen gemieden. Nur Bulgur sprach mit ihnen. Er hätte gern Deals mit ihnen gemacht, diese Nähe zur Macht reizte ihn. Es waren Typen darunter, die für korrupte afrikanische Regierungen arbeiteten, für ostasiatische Polizeihochschulen, für amerikanische Dienste ohne nähere Bezeichnung.

Er warf seinen Spliff weg und sagte mit seiner supersonoren Stimme: »Ich will jetzt nicht zynisch klingen, aber du weißt, wie es ist. Auch städtische Ordnungskräfte haben es öfter mit renitenten Kunden im öffentlichen Raum zu tun. Sie forschen daher unter dem Label ›Elektromechanische Teenagerabwehr‹. Viele Gemeinden wollen Friedhöfe und Baustellen jugendfrei halten, und da lassen sich mit niederfrequenten Tönen schöne Erfolge erzielen. Auch Fußballfans lassen sich so zur Räson bringen. Mit solchen nicht tödlichen Abstandswaffen lassen sich alle möglichen Menschenmengen auflösen, politische Demonstrationen, Zusammenrottungen von Hooligans – oder ganz normale Jugendliche, die zusammen Spaß haben und einfach noch nicht nach Hause gehen wollen. Ihnen kann die Polizei ihre Absichten und Wünsche mit Nachdruck klarmachen und so die gewünschten Verhaltensmodifikationen erreichen.«

»Das ist die übelste Scheiße, die ich seit Langem gehört habe«, sagte ich.

Aber Bulgur hörte überhaupt nicht zu. Er redete einfach weiter.

»Die Auswirkungen dieser unhörbar tiefen Frequenzen auf den menschlichen Körper sind, zugegeben, krass unangenehm. Sie lösen Übelkeit, Schrecken und Panik aus. Infraschall lässt Brust und Bauch auf eine widerwärtige Weise erzittern, er trübt die Sehkraft, sodass man für gewisse Zeit optischen Halluzinationen erliegt. Auch von Schwindel und Schlappheit haben Versuchspersonen berichtet. Bei einem scharf gebündelten Schallstrahl kann es sogar zu Schädigungen innerer Organe kommen.«

»Kaya«, sagte ich. »War es nicht so? Wahrscheinlich hast du es einfach mal ausprobiert. An uns allen. Und in Johannisthal ist es schiefgegangen.«

Bulgur sah mich nur kurz an. »Unterbrich mich nicht. Unterbrich mich nie wieder. Lass mich ausreden. Wo war ich? Bei einem gebündelten Schallstrahl kann es zu Schädigungen innerer Organe kommen. Dabei haben wir noch nicht die eingesetzte Lautstärke berücksichtigt. Die Lautstärke beschreibt den Druck der Schallwellen. Sie wird in Dezibel gemessen. Im Hörbereich beginnt körperliches Unbehagen bei 120 Dezibel, Schmerz in den Ohren bei 140 Dezibel. Einige Zehntelsekunden Beschallung mit 150 Dezibel genügen, um dem menschlichen Ohr einen dauerhaften Schaden zuzufügen. Das Trommelfell platzt verlässlich bei 160 bis 185 Dezibel, bei 200 Dezibel zerreißt es die Lunge.«

Er lachte trocken. »Aber so weit wollen wir es ja nicht kommen lassen. Wir wollen ja die Kirche im Dorf lassen. Ich sehe unseren Job auch mehr als Dienstleistung an, als Service. Es gibt diese Nachfrage der Sicherheitsfirmen, und ich sage dir, ganz unter uns, auch der BND und die Bundespolizei haben da bereits Interesse angemeldet, aber das ist echt noch nicht in trockenen Tüchern.«

»Du hast Kaya umgebracht, kapierst du das nicht?«, sagte ich. »Und du machst einfach weiter. Du bist der widerlichste Hund, den ich kenne. Du hättest auch mich fast umgebracht.«

»Lennart, du bist unfair«, sagte er. »Mir hat das auch wehgetan in Johannisthal. Ich wollte das nicht. Aber es hat Ermittlungen gegeben, und die haben zweifelsfrei erwiesen, dass ein ursächlicher Zusammenhang unwahrscheinlich ist. Es tut mir auch leid um Kaya.«

Ich war so wütend, dass ich ihm einen Stoß vor die Brust gab.

»Warte mal«, sagte er. »Dass du noch lebst, hast du wem zu verdanken? Mir. Du bist wie ein kleiner Bruder für mich gewesen, immer. Ich war so froh, dass ich dich getroffen habe, wir haben eine großartige Arbeit zusammen vollbracht. Lass uns noch mal neu anfangen. Ich kann nicht allein arbeiten. Ich brauche deine Resonanz, deine Ideen, deine Präsenz.«

»Was habe ich dir zu verdanken?«

Er nickte. »Dein Leben, mehr oder weniger. Ich habe dich an dem Morgen in den Zug nach Hamburg gesetzt. Ich habe dir sogar eine Scheißfahrkarte gekauft, weil du dazu nicht mehr in der Lage warst.«

Ich sah ihn an, er schaute zurück und hielt meinem Blick stand.

»Du lügst«, sagte ich. »Du lügst, und du weißt, dass ich weiß, dass du lügst.«

»Ich habe dich in den Zug gesetzt«, sagte Bulgur. »Dein Zustand war echt schlimm. Ich bin dein Freund, Lennart.«

Er lachte auf eine Weise, die versöhnlich klingen sollte, aber für mich hörte es sich mehr nach einem drittklassigen Schauspieler in einer Vorabendserie an.

»Und mein Aufnahmegerät hast du dir dabei auch gleich unter den Nagel gerissen«, sagte ich. »Und meine hunderttausend Sounds auch. Was willst du überhaupt von mir?«

Aber am schlimmsten war es, wenn ich an Kaya dachte und wenn ich Bulgurs fieses dünnes Lächeln sah, wenn er über sie redete. Wie man über einen Kollateralschaden spricht. Ist nicht schön, muss aber sein, weil es die Wirksamkeit eindrucksvoll beweist.

»Für dich arbeite ich nie wieder«, sagte ich. »Lieber trete ich dir stundenlang in den Hintern. Mit schönen Grüßen von Moe und Chris und allen anderen. Ich will meinen Boss BR-80 zurück. Meine Soundsammlung. Meine Erinnerungen. Und dich will ich im Knast sehen, da kannst du für die Schwarzfahrer auflegen.«

»Wir werden sehen«, sagte er.

28. KAPITEL

Bulgur pfiff auf zwei Fingern. Es war ein durchdringender, gellender Pfiff, mir sackte das Herz nach unten. Ich hab's nicht so mit Hunden. Doch es kamen jetzt keine mit Adrenalin und Gehorsam vollgepumpten Mastiffs um die Ecke, sondern Maik und Niko, zwei ehemalige Türsteher der Großraumdisco *Kontraste* in Hoppegarten. Sie waren beide als Glatzen zur Welt gekommen und hatten seitdem kennen nennenswerten Haarwuchs entwickelt. Dafür eine kindliche Freude an körperlicher Überlegenheit und Gewaltausübung.

Sie kamen betont lässig aus der Deckung. In Kampfmontur: Quarzer, Schienbeinschützer, Stahlkappenschuhe, Riemen über den Muskelbergen ihrer Oberkörper. Solche Typen lieben aus irgendeinem Grund Riemen, Gürtel, Halterungen. Aus vermutlich dem gleichen Grund lieben sie es, zuzuschlagen, ein anderes Wesen zu dominieren, möglichst tief zu erniedrigen.

»Hallo Maik, hallo Niko«, sagte ich. »Alles klar?«

Sie antworteten nicht. Eine Antwort hätte bedeutet, dass sie mich mit ihnen auf einer Stufe sehen würden. Das taten sie nicht. Ich war nichts als Dreck für sie. Dreck, den sie noch tiefer in die Erde stampfen würden.

»Gleich hier, Chef?«, fragte Maik.

Bulgur schüttelte den Kopf und wies auf die Öffnung der Zementfabrik.

Er schlüpfte hinein, Maik und Niko standen hinter mir, so nah, dass ich ihren Schweiß riechen konnte. Sie gaben mir zwei, drei Stöße, als ich mich nicht schnell genug bückte, um durch das Loch zu kriechen.

Drinnen herrschte ein widerliches graues Dämmerlicht, das einen auf die Dauer krank machen würde. Ich sah mich schnell um, dann wurde ich nach vorn gestoßen. Das Innere des Gebäudes war nicht ausgeräumt, der Boden war nicht eben, sondern durch Schuttanhäufungen und überwucherte Müllberge eine eigene Landschaft, in der dazu noch fiese Löcher klafften, teilweise metergroß und unabsehbar tief. Rechts lagen vier riesige Tanks nebeneinander, so verrostet, dass das Metall teilweise herausgebrochen war. Mir war rätselhaft, was darin früher gelagert gewesen sein mochte, ich wollte auch nicht darüber nachdenken.

Die gespenstische Stille dieser gewaltigen, bestimmt dreißig Meter hohen Werkshalle erdrückte mich fast. Ich fühlte mich klein, angreifbar, verwundbar. An der Seite führten rostige Leitern hinauf zu Plattformen und fast bis zur Decke, die von einem Gerippe von Betonstreben gehalten wurde. Ein kalter Wind sickerte durch die unglaublich hohe Reihe der zerschlagenen Fenster. Ich hörte das Atmen meiner beiden Bewacher.

An der Seite erhob sich ein gemauertes Büro, zu dem eine kleine Treppe führte. Dort stand jetzt Bulgur. In der linken Hand hielt er eine Art Parabolantenne, mit der anderen machte er eine wedelnde Bewegung zu Maik und Niko.

Die beiden rannten geradezu panisch an die Seite des Büros, ich spürte ihre Angst. Bulgur richtete die Parabolantenne in meine Richtung.

»Es ist ein weiterer Test, und ich bin froh, dass ich in dir eine wirklich kompetente Testperson habe. Der Schall sollte nicht tödlich sein, keine Sorge. Schmerzhaft, ja, durchaus, aber du wirst es gleich selbst merken.«

Noch während er redete, war ich schon losgespurtet, deshalb verfehlte er mich. Die Schallwellen warfen mich dennoch um, bevor ich die vier rostigen Tanks erreichte. Die Lautstärke war schlimmer als alles, was ich bisher ertragen hatte. Doch das eigentliche Grauen war das Geräusch selbst, es drehte mir fast den Magen um. Ich wollte nicht auf einem Planeten leben, auf dem solche Klänge erzeugt und verbreitet wurden.

Das bis dahin schlimmste Geräusch meines Lebens war rückwärts abgespieltes Babygeschrei. Wenn ein Baby in den höchsten Tönen brüllt, sind ohnehin die meisten Leute zentral genervt. Wenn man das Gebrüll aber rückwärts abspielt, möchte man sich nur noch in einer Ecke zusammenrollen, die Ohren zuhalten und möglichst bald sterben. Bulgur und ich hatten mit der Backmasking-Technik experimentiert, als wir vor einem halben Jahr die Grenzen des akustisch Erträglichen ausloteten. *Team Evil Sounds*. Auch das Quietschen von Kreide auf einer Tafel machte viele Leute fertig. Wenn man es rückwärts abspielte, wirkte es noch krasser. Eselschreie sind so schon schlimm, rückwärts abgespielt treiben sie einen in den sofortigen Wahnsinn. Die Zahnarztbohrer. Die Laubbläser. Das Schnarchen eines übergewichtigen Mannes. Rückwärts abgespielt beginnt damit das Reich der bösen Musik. Offenbar war Bulgur inzwischen gut vorangekommen mit seinen Forschungen. Jetzt residierte er als König dieses Reiches auf dem Thron der unerträglichen Sounds.

Er lachte, glücklich wie ein Kind. Der Test machte ihm offensichtlich Spaß, er hatte wohl lange darauf hingearbeitet. Der Schallstrahl erzeugte einen kreischenden, überschrillen Ton, als er in die Tanks eindrang. Innerhalb einer Minute, die sich schier unendlich hinzog, mutierte der Sound zu einem grauenhaft tiefen, geradezu schleimigen Bass. Die Schallwellen in ihrer unterschiedlichen Intensität erschütterten die Luft, ihre Wucht nahm mir fast den Atem.

Doch ich lag zusammengekauert hinter einem gemauerten Podest und war dort einigermaßen geschützt. Ich konnte sehen, wie Bulgur sein merkwürdiges Gerät hin und her schwenkte, um den Schall zu verteilen. Alles, was er damit erreichte, war ein überwältigendes Dröhnen, das aber eher vage durch die Halle waberte. Ich rappelte mich hoch und rannte durch die Halle davon, sprang über ein Loch im Boden, viel zu spät wurde mir klar, dass es auf dieser Seite der Halle keinen Ausgang gab. So zerlöchert die Wände im anderen Teil waren, hier war das Mauerwerk geschlossen. Ich konnte, wenn überhaupt, nur über die Treppen entkommen.

»Holt ihn euch«, schrie Bulgur.

Maik und Niko setzten sich in Bewegung, ich nahm das Zittern des Bodens wahr, als ihre schweren Körper zum Angriff übergingen. Ich kletterte eine Metalltreppe hoch. Die Plattform am Absatz klapperte und schwankte unter meinem Gewicht. Durch den Lärm konnte Bulgur mich wieder orten, er richtete sein Schallschussgerät auf mich.

Ich nahm die Bewegung seines Armes nur aus den Augenwinkeln wahr, als ich auf die nächste Treppe sprang.

Genau in dem Moment kam die ganze Erinnerung an die Nacht in Johannisthal zurück, es war, als würde ein Schleier von einer Erinnerung genommen, als öffnete sich in meinem Gedächtnis endgültig eine Tür.

Ich tanzte neben Kaya, Chris auf der anderen Seite. Oben auf einer kleinen Empore stand DJ Evil, unser bewunderter Meister. Er ließ ein Set von Tracks laufen, das er und ich zusammengestellt hatten. Krasse, aber tanzbare Musik; wüst, aber gut. Ich hatte in den Tagen zuvor Kinderstimmen gesammelt, lachende, weinende, schimpfende, singende. Bulgur hatte einen schnellen, treibenden Rhythmus daruntergelegt und ein paar Loops der guten Laune integriert. Der ganze Laden tanzte. Bis auf ihn. Er hatte plötzlich ein Gerät in der Hand und winkte damit über die Menge hin. Ich verstand nicht, was das sollte, und tanzte einfach weiter. Doch dann gab es eine Rückkopplung und ein Inferno, ein Gewitter an kranken, unfassbaren Sounds, dass die ganze Halle in die Knie ging. Kaya brach neben mir zusammen. Sie hielt sich den Bauch. Chris und ich hoben sie auf und trugen sie durch die Menge der schreienden, hysterischen Leute nach draußen, aber es war zu spät.

Je höher ich kam, desto schwächer wurden die Schallwellen, aber umso heftiger wurde dafür das Schwanken einer Eisentreppe. Denn nun trampelten auch Maik und Niko die Stiegen hoch, und unter ihrem Gewicht begann die ganze fragile Konstruktion zu schaukeln. Ich musste mich am Geländer festhalten, um nicht wegzurutschen, mich aber trotzdem beeilen, denn die beiden kamen näher. Das Knirschen der Treppe wurde lauter, das Schwanken immer unkontrollierter. Noch zwei Absätze bis zur Luke, die auf das Dach führte.

»Holt ihn euch!«, schrie Bulgur von unten.

Ich erreichte den Ausstieg, und als ich meinen Fuß von dem Gerüst nahm, gab die ganze Konstruktion nach und knickte seitlich ab. Mein Gewicht fehlte plötzlich, die schweren Körper meiner Verfolger, die sich außerdem unrhythmisch bewegten, rissen die Treppe aus ihrer Balance. Mitsamt der Treppe stürzten sie wie in Zeitlupe ab. Maik und Niko gaben keinen Laut von sich. Sie klammerten sich verzweifelt an das Gestänge, um mit dem ganzen Gerüst zu Boden zu kommen. Das Knirschen des Metalls verursachte ein hässliches Geräusch. Maiks Arm war eingeklemmt, sein Mund war weit aufgerissen, doch er schrie nicht. Echte Männer schreien nicht. Lerne leiden, ohne zu klagen.

Ich sah es mir nicht weiter an, sondern flüchtete aufs Dach. Nur das Geräusch der zusammenbrechenden Treppenkonstruktion begleitete mich hinaus ins Freie.

Draußen war es dunkel geworden. Ich stand jetzt auf dem Betondach der Werkshalle, es machte einen halbwegs stabilen

Eindruck. Die Teerpappe war stellenweise aufgerissen, doch es waren, soweit ich sehen konnte, keine Löcher oder morsche Stellen, durch die man fallen könnte. Hier oben hatten sich sogar einige kleine Birken angesiedelt. Vor mir erhoben sich die beiden riesigen Schornsteine, achtzig oder hundert Meter hoch. Mir wurde allein vom Hinaufsehen schwindlig.

»Jetzt bist du dran«, sagte Bulgur. Er kam hinter mir aus der Werkshalle, anscheinend über einen zweiten Aufgang. Er war wendig und schnell.

»Wo sind deine beiden Kampfhunde?«

»Es geht ihnen gut«, sagte er. »Mach dir um sie keine Sorgen. Mach dir um dich selbst Sorgen. Von hier entkommst du nicht.«

»Ich bin so gespannt auf deinen albernen Todesschallstrahl«, sagte ich. »Lass hören!« Sosehr ich auch Angst hatte, ich wollte, dass er mich für kaltblütig hielt.

»Du wirst vom Dach fallen«, sagte Bulgur. »Es wird nach einem Unfall aussehen. Bedauerlich, kommt aber immer wieder vor. Jugendliche Abenteuerlust, Risikoverhalten, Selbstgefährdung. Vermutlich ausgerutscht. Oder so.«

Er kam auf mich zu. Diesmal hatte er jedoch nicht dieses Schallgerät in der Hand, sondern eine Pistole, eine Luger. Er hatte sie mir mal in seiner Wohnung feierlich vorgeführt. »Wenn du den Frieden willst, bereite dich auf den Krieg vor«, hatte er dazu geraunt. Ich hatte es aufregend gefunden, die schmale, aber überraschend schwere Waffe in der Hand zu halten und aus dem Fenster zu zielen.

Jetzt zielte die Waffe in seiner Hand auf mich, und ich wich zurück. Bulgur griff in die Außentasche seiner Mechanikerjacke und holte ein kleines Gerät heraus, das ich sofort erkannte.

»Ich habe es dir mitgebracht«, sagte er. »Sollte ein Einstandsgeschenk für unsere neue Geschäftsbeziehung werden.«

»Mein Boss BR-80«, sagte ich, und meine Stimme klang sehnsüchtig.

»Ich habe sie für dich verwahrt, als du nach Hamburg gefahren bist«, sagte er. »Kannst sie haben. Hol sie dir!«

Er warf sie über die Brüstung des Gebäudes.

Ich hörte den Aufprall meines Aufnahmegeräts auf dem Betonplatz.

Ich drehte mich um und lief auf die Schornsteine zu.

Bulgur folgte mir langsam, seine Zurufe klangen begeistert: »Genau, klettere da mal hoch!«

Ich kletterte hoch. Meine Hände fassten die Eisenkrampen vor mir, meine Füße tasteten nach einem sicheren Tritt. Nur nicht runterschauen. Ich erinnerte mich an die Nacht, als ich mit Chris auf einen Baukran geklettert war. Es war der Anfang unserer Urban-Explorer-Zeit gewesen. Und dies jetzt war das Ende meiner Urban-Explorer-Jahre.

Die Krampen führten in einer Spirale nach oben, ich bewegte mich also zunächst von Bulgur weg, spürte in der Ferne schon den Waldrand, ein kalter Wind riss an mir, und dann kam ich wieder in sein Blickfeld. Er wirkte jetzt kleiner da unten, und was er zu mir hinaufrief, konnte ich nicht mehr verstehen. Dann hob er die Pistole und feuerte.

Ich kletterte weiter. Eine Luger ist keine zielsichere Waffe, Bulgur war ein ungeübter Schütze, außerdem war die Sicht schlecht. Und trotzdem zitterten meine Hände jetzt wie blöd, auch in meinen Beinen war ein Vibrieren, das ich kaum unter Kontrolle brachte. Ich kletterte weiter, um wieder hinter den Schornstein zu kommen. Ein zweiter Schuss fiel, irgendwo spritzte Beton vom Schornstein, doch relativ weit von mir entfernt.

Wir sind Katzen in der Nacht, dachte ich in meiner Panik, nur um irgendetwas zu denken. Ich bin eine Katze in der Nacht. Katzen fallen nicht herunter, sondern klettern weiter. Die Schwerkraft zerrte an mir. Ich brauchte sicherlich eine Viertelstunde, bis ich endlich oben war.

Als ich nach unten schaute, war von Bulgur nichts mehr zu sehen. Hier oben rauschte der Nachtwind mit dunkler Kraft. Es war erschreckend hoch, ich klammerte mich am niedrigen Geländer fest. Und ich war mir sicher, dass Bulgur mir hierher nicht folgen würde.

Doch dann hörte ich ihn kommen. Er arbeitete sich von Krampe zu Krampe, kam mir immer näher. Er hasste es, zu verlieren. Ich zog meine Jacke aus und wartete auf ihn. Keine Lust, nach unten zu schauen, ich sah auf die nächtliche Linie des Horizonts, ob Waldrand oder Wiesen und Felder, ich konnte es nicht mehr unterscheiden. Die große Stille der Nacht umgab uns, der einzige Rhythmus war der meines Pulsschlags, meines Herzens.

Als Bulgur die Spitze des Schornsteins erreichte, kauerte ich mich zusammen.

»Lennart«, sagte er und versuchte ein Lächeln. Er richtete die Waffe auf mich. »Komm her.«

Ich breitete die Arme aus und sprang.

29. KAPITEL

Hamburg Hauptbahnhof. Die Lautsprecherstimmen übertönten einander, als ich ausstieg. Ich hörte das Flattern der Tauben, die sich unter dem Stahlbogen über den Gleisen sammelten.

Im Zug hatte ich mich immer wieder an meinen kurzen Flug über den Vorplatz der alten Zementfabrik bis fast zum Waldrand erinnert. Der Wind hatte mich mit dem Schirm weit hinübergetragen. Base-Jumping. Noch vor ein paar Tagen wäre ich schreiend davongelaufen, doch Steven hatte recht gehabt: Es lohnte sich gelegentlich. Nach der Landung war ich zurückgelaufen, um mein Aufnahmegerät zu holen. Es war beschädigt, aber nicht völlig hinüber. Vor allem wollte ich es nicht dort liegen lassen. Maik und Niko humpelten aus der verlassenen Fabrik, sie nahmen keinerlei Notiz von mir. Von Bulgur keine Spur, vielleicht saß er noch auf dem Dach. Ich war fertig mit ihm.

Der Hamburger Hauptbahnhof. Ich erkannte die Bank wieder, auf der ich vor vier Wochen aufgewacht war. Aufgeschreckt von einer Stimme im Traum. Keine Zeit stehen zu bleiben. Jetzt umgaben mich zahllose Stimmen, ein Wust von Sätzen aus Gesprächen *Hab ich dir doch gesagt, Lilli spinnt einfach*, aus Handytelefonaten *Ich bin grad angekommen, wann sehen wir uns.* Eine Automatenstimme mit mahnendem Unterton *Achten Sie auf Ihr Gepäck*. Ich ließ mich von der Menge mitschwemmen, erreichte die Rolltreppe, fuhr hoch zur Wandelhalle.

Drüben an den Stehtischen von *Kalle's Futterluke* bestellten jetzt jede Menge Reisende Bockwurst. Die Penner würden erst am späten Abend kommen. Ich erinnerte mich an die Wachschutzleute und ging hinüber zur öffentlichen Toilette. Kaum zu fassen, aber wirklich wahr: Dort saß die ältere Frau in ihrem vergilbten, fleckigen Kittel. Fast hätte ich sie gegrüßt, doch sie erkannte mich natürlich nicht. Diesmal schlief sie nicht, sondern telefonierte auf Polnisch, ihre Augen wanderten aber aufmerksam hin und her und kontrollierten, dass jeder Toilettenbenutzer auch zahlte. Ich legte ihr beim Herausgehen wieder einen Fünfeuroschein auf das Tellerchen. Da unterbrach sie ihr Gespräch und rief hinter mir her: »Dziękuję! Dziękuję!«

Samstagvormittag auf der Mönckebergstraße, ich beeilte mich, den Weg hinunter zu den Landungsbrücken zu finden. Rathausplatz, Caffamacherreihe, Venusberg, der Tätowierladen *Burning Needles*, das metallische Rattern der U 3 auf der Hochbahn, dann stand ich an der Elbe und hörte, wie die Schlepper ihr tiefes und mächtiges Tuten in den Himmel seufzten. Ich war wieder zu Hause. Für eine Sekunde jedenfalls. Ich erinnerte mich an das panische Gefühl, als ich an jenem Morgen hier gestanden hatte, mit leeren Händen, ohne Erinnerung, ohne Plan.

Ich ging in den alten Elbtunnel, lief die Aberhundert Treppen hinunter und wartete lange, bis der Motorradfahrer auftauchte, doch es lohnte sich.

Dann nahm ich die Fähre 62, setzte mich auf das Oberdeck, in der Luft lag schon eine ganz leichte Ahnung von Herbst. Am

Montag in zwei Wochen würde meine Schule in Berlin wieder anfangen, mein letztes Schuljahr. Ich hatte noch etwas Zeit. Und eine Nacht dazwischen. Die Fähre kam am Fischmarkt vorbei, der leer und unscheinbar dalag, aber ich wusste, dass in dieser Nacht ab fünf hier Werners Stimme erschallen würde. *Räucherlachs und Räucheraal, bei Werner nur die erste Wahl!*

Ich fuhr weiter, hatte vorher noch was zu erledigen, kam am Dockland vorbei und stieg Neumühlen aus. Ich lief in das Fischer- und Lotsendorf Övelgönne und suchte Jules Elternhaus. Sie hatte es mir von der Fähre aus gezeigt, und einmal hatte ich sie nach einem langen Spaziergang zurückgebracht.

Als ich klingelte, überfiel mich mit voller Wucht die Überzeugung, sie würde mich sofort wieder rauswerfen. *Komm nie wieder nach Hamburg*. Das war nicht einmal vier Tage her. Ich klingelte trotzdem, auch ein zweites Mal.

Die Frau, die öffnete, sah aus wie Jules ältere Schwester. Eine umwerfend gut aussehende Frau.

»Ich möchte zu Jule«, sagte ich.

»Jule ist nicht da«, sagte sie. »Kann ich ihr was ausrichten?«

»Es ist ziemlich persönlich.«

»Umso besser«, sagte sie und lächelte. »Aber wieso rufst du sie nicht einfach an?«

»Ich habe kein Handy«, sagte ich.

»Ach du Scheiße.« Der Spruch schien in der Familie zu liegen. Klang halb mitleidig, halb spöttisch.

Als ich mich umdrehte und gehen wollte, rief sie mir nach: »Probier's mal in Finkenwerder.«

Also ging ich wieder runter zum Fähranleger und wartete auf das nächste Boot. Hörte wieder die Möwen schreien über der Elbe und dann in Finkenwerder das Zwitschern der Sperlinge.

Die alte Dame, die mir öffnete, erkannte mich. »Du büst de junge Kirl, de so giern den Appelkoken itt«, sagte sie.

Ich nickte, obwohl ich nicht ganz sicher war, was sie gesagt hatte.

»Ich suche Jule«, sagte ich.

»Jule is ne doar.«

»Wissen Sie, wo sie ist?«

Sie schüttelte den Kopf.

»Woso röpst du ehr ne eenfach an?«

»Ich hab kein Handy«, sagte ich. Und ihre Nummer hatte ich natürlich auch nicht.

»Ick ward ehr dat vutilln, wenn ick ehr seh, Lennart«, sagte Jules Oma.

»Ich bin ab fünf auf dem Fischmarkt«, sagte ich.

Auf dem Rückweg erwischte ich einen Bus, der Richtung Harburg fuhr, und lief den Rest des Wegs bis zum Campingplatz. Dort war alles wie sonst. Niemand hatte sich hierher verirrt. Die Frösche hinten am Teich ließen ihr durchdringendes Quaken hören. Unglaubliche Lärmkanonen auf natürlicher Basis, mindestens 90 Dezibel brachten sie in Anschlag. Ich fand auch den Schlüssel zum Wohnwagen wie gehabt unter der Radkappe; die Luft im Wagen war abgestanden und kaum erträglich. Ich ließ die Tür offen, als ich mich an die Arbeit machte.

30. KAPITEL

Um vier Uhr morgens stand ich am Fischmarkt und wartete auf den Kaffeeverkäufer und auf Werner. Ich war viel zu früh, hatte die Nacht durchgemacht und konnte jetzt den Morgen nicht schnell genug erwarten. Von den Händlern war noch nichts zu sehen. Hier unten sammelten sich die ersten Partyleute, die noch auf den Fischmarkt wollten. Oben, die Hafentreppe hinauf, schimmerten die Lichter der Reeperbahn. Über die Elbe hinweg sah ich die riesigen Container-Kräne stehen, breitbeinig und angriffsbereit wie die Kampfläufer aus *Star Wars*. Ich war den ganzen Weg vom Campingplatz zu Fuß gegangen, es war meine letzte Nacht in Hamburg und mein erster Morgen.

Endlich kam Werner. Bog mit seinem Lieferwagen schwungvoll in die Einfahrt zum Markt, rollte an unseren üblichen Platz und machte sich dann schnaufend ans Auspacken.

»Brauchst du Hilfe?«

Er drehte sich um. »Was machst du denn hier, ihr seid doch nach Berlin gefahren, du und die Kleine.«

»Sind wir. Hör mal, Werner, ich muss dich um einen Gefallen bitten, nur für diesen Morgen. Kommt auch was für dich bei rum.«

Und ich erklärte ihm die Sache. Er hörte sich das an. Schüttelte den Kopf. Kratzte sich den Hinterkopf, als ich weiterredete, nicht aufgab. Er warf geschmeichelt den Kopf zurück und rieb sich erfreut die Brust, ein Mann, der endlich mal und völlig unverhofft die heimlich ersehnte Anerkennung findet. Man könnte fast sagen, dass die Treffen mit Bulgur meine rhetorischen Fähigkeiten verbessert hatten, ich war in diesen Minuten der Oberschmeichler. Aber: Ich meinte es ernst. Schließlich nickte Werner, er war einverstanden; es blieb ihm auch nichts anderes übrig. Ich zeigte ihm mein Aufnahmegerät, und wir gingen runter zum Wasser, wo wir ungestört waren. Nur die Katzen waren schon versammelt, die Hafenkatzen, die gierig auf das Festmahl am Sonntag warteten.

Als ich hatte, was ich wollte, bauten wir den Stand auf. Gewohnte Rollenverteilung: Werner breitete die Waren aus, rieb sich die Hände, ölte seine Stimme für seinen großen Auftritt. Ich war, wie sonst auch, der Runner, der die Fische vom Wagen zum Verkaufsstand schleppte. Die ersten Leute waren schon da, drüben beim holländischen Blumenverkäufer, bei Aale-Dieter, bei den Vietnamesen mit den St.-Pauli-Klamotten.

Und dann fing ich an.

Zuerst das kaum hörbare Wummern eines Schleppermotors im Leerlauf, liegt nur auf der Elbe, könnte loslegen, ein Kraftpaket sondergleichen, und dann wird das Wummern schneller und man hört das hungrige Maunzen einer Hafenkatze. Das Rasseln der Hochbahn bringt etwas Eile rein. Und dann Werners Stimme: *Nun kommt doch mal ran hier, Leute, ihr steht ja mit dem Arsch am Hauptbahnhof! Räucherlachs und Räucheraal, bei Werner nur die erste Wahl! Und ich pack dir noch ein paar Sprotten drauf! Und die Schillerlocken hier, die sind herr-*

lich, die kriegst du dazu, für dreißig, das ist geschenkt. Kommt ran hier, Ausverkauf, alles muss raus! Er musste selbst lachen, als er sich hörte, doch es passte, die Leute blieben stehen, der Rhythmus vom Schleppermotor war noch da. Die Leute blieben stehen und lauschten, Werner stand da mit verschränkten Armen und grinste übers ganze Gesicht, unten begannen ein paar Frauen zu wippen. Ein langsamer Rocksteady-Rhythmus machte sich breit, sodass auch die Männer mit den Köpfen nickten, nur keine Hektik, aber dafür die erste Bassline, gedoppelt von der Leadgitarre. Irgendwo lachte eine Möwe.

Dance. Move. Start swing slowly, up, down, step, side, step, back, step, step-side, step-back, front, up, down, step, side, step, back, step, step-side, step-back, front … Wieder Werners Stimme: *Nun kommt doch mal ran hier, Leute, ihr steht ja mit dem Arsch am Hauptbahnhof! Kommt ran hier, alles für zwanzig, hier die schöne Forelle und den Aal gibt's dazu, dann hat die liebe Seele Ruh'. Wir räumen die Lager von der Schwiegermutter und dem Schwager!*

Im Hintergrund war immer noch das Wummern des Motors, und das wuchs jetzt heran zu einem stattlichen, üppigen, fetten Motorgrollen einer Kawasaki Mach 3, die wirklich mal abgeht, von null auf hundert in ein paar Sekunden, das hochfrequente Kreischen des Motors bei etwa sechstausend Umdrehungen zehnfach verstärkt durch die Enge der Röhre des alten Elbtunnels. Die ersten Zeigefinger in der Menge kamen hoch – die Kerle dahinten wussten Bescheid. Kleiner Einschub featuring Gabriele, die mechanische Reiseschreibmaschine mit ihrem hibbeligen Oldschoolsound. *Klackerdaklackerdaklacker-daklackerdaklackerda – Bing!*

Ein paar Kunden kamen ran und kauften Fisch, Werner reichte ihnen die Tüten und kassierte das hingereichte Geld wie in Trance, der ganze Mann war in eine grazil tänzelnde Bewegung geraten und hörte einfach nicht mehr auf damit, wie auch die Menge vor ihm. Der ganze Fischmarkt nickte mit dem Kopf, schaute rechts, schaute links, setzte einen Fuß an den anderen, *step, step-side, step-back, front, up,* selbst drüben die Kampfläufer am anderen Elbufer schienen den Melbourne Shuffle zu probieren, sah jedenfalls kurz danach aus. Unten waberte immer noch das Wummern des Schleppermotors herum, während die anderen Sounds in einem Fade-out verebbten, nur das Wummern blieb und wurde zum öligen Teppich, auf dem sich jetzt ein Froschquaken ausbreitete, erst ein einzelnes, fast schüchternes Quaken, dann fielen die Konkurrenten massiv ein, übertönten und überquakten einander, und als ich sie jetzt hörte, war ich echt stolz auf meine Frösche vom Campingplatzsee, sie hatten ihr Bestes gegeben, ein gewisse rhythmische Ordnung verlieh ihrem Gesang zusätzlich Würze und Schwung.

Das blieb nicht ohne Wirkung auf die tanzende Menge des Fischmarktes. Es kam zu ersten Annäherungen zwischen den Fischmarktbesuchern. Tanzpaare fanden sich, Trios, ganze Gruppen, die in eine Art Froschmoschen eskalierten. Das sprach sich wohl auch oben in St. Pauli herum, denn es kamen jetzt immer mehr Leute die Hafentreppen runter.

Genau vor unserem Wagen drängten sich die Musiknerds

und Fischfreaks. Werner und ich kamen kaum mit dem Verkaufen nach, sie rissen uns die Ware aus der Hand, Schillerlocken, Welse, Forelle, Aal, ganz egal.

Irgendwann war der Fisch so gut wie verkauft, und ich holte auch nichts mehr nach, ich tanzte einfach selbst. Tanzte zu meiner eigenen Musik, hingegeben, innig verloren, bis Werner mich anstieß und sagte: »Jetzt geh man zu dem Mädchen rüber, sie wartet schon seit über einer halben Stunde.«

Da sah ich sie auch.

Sie stand eher hinten, am Wagen des Blumenhändlers, der sein Geschäft längst zugemacht hatte und irgendwo in der Menge verschwunden war.

Jule tanzte nicht. Sie stand einfach nur da und schaute zu uns hinüber, mit seitlich gelegtem Kopf. Und natürlich, da war sie dann wieder, diese Schwingung ganz tief innen, wo niemand sonst mich je berührte, aber bei Jule war das so. Ein magisches Mädchen.

Ich ging zu ihr hin. Durch die Menge der Tanzenden hindurch, die es sich nicht nehmen ließen, mir auf die Schultern zu klopfen, einen Like-Daumen zu zeigen oder mich einfach überwältigt zu umarmen: *Danke für den tollsten Sonntagmorgen meines Lebens.*

»Sie mögen dich«, sagte Jule, als ich vor ihr stand.

»Ist ungewohnt«, sagte ich.

»Dass dich jemand mag?«

»Nein, dass ich DJ bin, sonst habe ich immer nur abgeliefert und andere machen lassen.«

»DJ Lost Boy«, sagte sie.

Ich schaute auf die Menge, Werner winkte mit zwei Aalen in der Hand, er shuffelte hin und her auf seinem kleinen Verkaufspult, das zur DJ-Kanzel umfunktioniert war, und die Leute kümmerten sich um nichts mehr. Sie tanzten oder saßen am Wasser und genossen die Sonne, die endlich über die Elbe kam.

»Es ist nicht schlecht«, sagte Jule. »Das Motorrad vom Elbtunnel. Oder die Frösche. Nicht übel, alles in allem.«

Sie hatte die Hände in den Manteltaschen. Leistungskurs Kunst. Helle Stoffschuhe, blaue Hose und diese tollen blonden Haare.

Ich streckte meine Hand nach ihr aus, sie wich zurück, aber nicht viel.

»Du hast nicht wirklich Plattdüütsch gelernt«, sagte sie.

»Wer sagt das denn?«

»Meine Oma in Finkenwerder behauptet ernsthaft, ihr hättet Platt miteinander gesprochen, und du seiest ein sehr ordentlicher junger Mann. Das hat sie noch zu keinem gesagt.«

Im Klartext: Karl war auch schon da gewesen und hatte vom Apfelkuchen gegessen. Ich musste diesem Typen zuvorkommen. Lauter quaken. Andererseits, wenn mein Fischmarktkonzert als Quaken galt, war das durchaus laut genug.

»Was machst du denn wieder in Hamburg?« Sie stippte mir einen langen Zeigefinger in den Bauch, und ich wich nicht zurück.

»Wir waren irgendwie unterbrochen worden«, sagte ich. »Und ich möchte gern weitermachen.«

»Womit?«

»Mit der Hamburger Pärchenbildung.«

»Was fehlt denn noch?«

Ich schaute sie an und sagte: »Zungenkuss. Verlobung. Die Eltern kommen ins Spiel. Eine Ablösesumme wird vereinbart. Hochzeit, Kinderkriegen, danach wahlweise Scheidung oder silberne Hochzeit. Tod. So macht ihr das doch, hier in Hamburg. Quasi.«

»Und wo waren wir stehen geblieben?«, fragte sie.

Ich beugte mich zu ihr und küsste sie auf den Mund.

NACHBEMERKUNG DES AUTORS

Ich danke Hannah, Kira und Bonni, meinen ersten Leserinnen, für sachkundige Kritik; Finn Klein für die legendäre Nachterkundung und Pauline Klein für akribische Lektüre; Julia Ritter, meiner Burger-Meisterin, für den norddeutschen Humor; Simona Bianco und Joshua Allen, Lichtblicken im Bunker, für beste Musikempfehlungen; Hermann Bohlen und der Finkenwerder Heimatvereinigung fürs Finkwarder Platt; Sabine Kalff und Annette Schmidl für Ideen und Resonanz.

Dank auch an einen unbekannten Künstler für die *Panorama Bar Empiric Study*; an die Berliner Verkehrsbetriebe für eine ausgiebige Tunnelwanderung; dem Oetinger Verlag für ein langes Recherche-Wochenende in Hamburg; vor allem aber Claudia Müller, meiner Lektorin, für eine tolle Zusammenarbeit und Zuspruch im genau richtigen Moment.